Karl Hugo Pruys

Die Akte Jean

Karl Hugo Pruys

Die Akte Jean

Roman

Universitas

Für Silke Haffner

Schutzumschlag: Wolfgang Heinzel, Merching
Umschlagfoto: Mall Fotodesign, Stuttgart
Satz: Fotosatz Völkl, Germering
Druck: Jos. C. Huber KG, Dießen
Binden: R. Oldenbourg, München
Printed in Germany
ISBN: 3-8004-1240-3

Ein Spion am rechten Ort ersetzt 20 000 Mann an der Front.

Napoleon Bonaparte

Agenten müssen Intellektuelle sein; sie dürfen im entscheidenden Augenblick das letzte Opfer nicht scheuen.

Richtlinie Nr. 185 796
des sowjetischen Nachrichtendienstes

1

Oliver glaubte, geträumt zu haben. Nein, da läutete tatsächlich das Telefon! In Gedanken zählte er nach: Der Signalton des Apparats im Arbeitszimmer war bereits fünfmal durch die offenstehende Tür ins Schlafzimmer gedrungen. Olivers noch halb geschlossene Augen suchten nach der altmodischen Standuhr im Flürchen, das die beiden Räume miteinander verband. Einen Fluch unterdrückend, ließ er sich aufs Bett zurückfallen. Es war nicht einmal acht Uhr, ein Verrückter mußte sich da einen Scherz erlaubt haben!

Das Klingeln des Telefons wurde gebieterischer, auf merkwürdige Art sogar lauter. Oliver richtete sich auf, ein stechender Schmerz durchfuhr seine Magengegend. In letzter Zeit war er auffallend reizbar geworden. Es widerstrebte ihm, dem akustischen Befehl eines technischen Gerätes zu folgen, gewissermaßen automatisch und ohne Chance eines Einspruchs, wie er das jahrelang getan hatte. Mit der linken Hand strich er sich die verschwitzten Haare aus der Stirn. Es klingelte weiter. Er machte eine Armbewegung, als wolle er unsichtbaren Kräften ein Zeichen geben, endlich den nervtötenden Lärm zu beenden. Sieben kleine schlurfende Schritte – und er stand vor seinem Schreibtisch. »Ja, bitte?« brummte Oliver in die Sprechmuschel seines Telefons. »Einen schönen guten Morgen, lieber Beauvoir. Hier ist Jagemann«, hörte Oliver vom anderen Ende der Leitung. Die Stimme klang aufdringlich direkt, aber auch entspannt, so ganz anders als seine eigene, die noch vom Nachtschlaf rauh und pelzig war. »Tag, Jagemann, pardon, Herr Präsident«, hörte Oliver sich reden, »ich reib' mir noch gerade den Schlaf aus den Augen.« »Lassen Sie den ›Präsidenten‹. Sie sind ja nicht mehr bei uns. Ich habe Sie aus den Federn geholt, was? Tut mir leid.«

»Halb so schlimm. Was gibt's denn, wenn man fragen darf, Verehrungswürdiger?« Oliver war nun wieder ganz da, seine Augen fixierten eine kleine schwarze Maconde-Figur im Bücherregal, die Gesichtsmuskeln spannten sich ein wenig, er hatte seine Stimme wieder im Griff.

Es war nicht der Tonfall in der Stimme des Anrufers, der Oliver mißfiel. Jagemanns sonores Timbre war von jahrelang diktierten Anweisungen geprägt, die notfalls im Befehlston vorgetragen wurden. Jetzt schien es weicher, kaum noch erkennbar als Organ eines Vorgesetzten. Er war der »Chef«, aber nun gehörte Oliver ja nicht mehr zur »Firma«. Also: Was hat Jagemann vor, und weshalb ruft er mich in aller Herrgottsfrühe an?

»Ich bitte um Nachsicht für den Überfall, Beauvoir, aber ich war in Sorge, Sie nicht mehr anzutreffen. Haben Sie nicht bereits für Paris gepackt?«

»Nein, nein. Ich fahre erst am Wochenende.« Es war wieder wie früher. Beinahe wäre Oliver die Bemerkung »Verfügen Sie über mich« entschlüpft. Statt dessen sagte er nur: »Schon in Ordnung.«

Da hatte es ihn bereits wieder eingeholt, das System von »Befehl und Gehorsam«, dem er so viele seiner jetzt 45 Lebensjahre nicht widerwillig, sondern mit der Leidenschaft eines letztlich naiven Idealisten gedient hatte. Noch einmal zurück? Er wußte längst, wohin das Gespräch mit Jagemann führen würde. Und er würde nicht »nein« sagen. Paris lockte. Die neue Aufgabe als Agenturkorrespondent, die seine eigentlich professionelle war, zog ihn mächtig an. Raus aus der »Firma« hatte es für Oliver geheißen, nachdem die Jubelfeiern zur Vereinigung auch den letzten Rest von geheimdienstlicher Tätigkeit von Deutschen gegen Deutsche auf deutschem Boden getilgt zu haben schienen. Als habe Jagemann seine Gedanken erspüren können, gab er Oliver nach umständlicher Vorrede endlich zu erkennen, was er von ihm wollte.

»Hören Sie, Bester, wir brauchen Sie. Ich verspreche es Ihnen: ein letztes Mal. Wir können das nicht am Telefon besprechen, nur so viel sage ich Ihnen: ›Des Dichters Lorbeer ist verwelkt.‹ Sie verstehen, was ich meine. Nehmen Sie die 18.10-Uhr-Maschine nach München; wir treffen uns irgendwann zwischen 20.00 und 21.00 Uhr bei unserem Freund in Starnberg.«

Oliver überkam eine Müdigkeit, die nicht nach einem warmen Bett verlangte. Er mochte einfach nicht dort stehen und auf eine ihm wohlbekannte Stimme hören, die er nicht hören wollte. Abstand, Abstand – nur keine Panik, »ich muß ja doch«. Dann antwortete er mit trockenem Mund: »Okay, ich werde dasein.«

2

»Des Dichters Lorbeer ist verwelkt« ... Hatte er wirklich vergessen, was das bedeutet? Hatte er auf einmal alles vergessen? Es waren gerade zwei Monate vergangen, daß Oliver Beauvoir, der willfährige, talentierte, in hundert Gefahren erprobte Einzelkämpfer an der Front, den »Dienst« quittiert hatte. Lorbeeren winkten dafür keinem seines anstößigen Metiers, Lorbeeren, wie sie überlebter Sitte gemäß das Haupt des Dichters zieren. Das schöne, traurige Wort vom Verwelken des Lorbeers sollte heißen, daß man – wie oft schon in der Vergangenheit? – mal wieder auf dem trockenen saß. Doch was, um Himmels in der Welt, mochte es jetzt in einem vereinigten, souveränen Deutschland für einen Sinn ergeben? War nicht, wenn überhaupt, in diesem Falle der Verfassungsschutz zuständig? Er war ein Mann des Bundesnachrichtendienstes, also der »Auslandsaufklärung« (gemeinhin: Spionage), gleichwohl hatte er die Grenzen Deutschlands – wenn man das ehemalige »Arbeiter- und Bauern-Paradies« hinzurechnete – niemals oder doch nur selten in offizieller Mission überschritten. Er war immer ein Mann »*für* Deutschland *in* Deutschland gewesen, mehr nicht. Seine Kompetenzen waren erschöpft, sein Auftrag jetzt erfüllt. Grübeln würde nicht weiterhelfen, Jagemann würde ihn »aufklären«, und da war man dann ja auch schon bei der Sache selber.

Oliver fühlte sich nicht eigentlich krank, doch wenn er einen Augenblick innehielt, um sich seines Zustandes bewußt zu werden, mehr als unbehaglich. Seine prekäre Kondition mit den Folgen mangelhafter Ernährungsweise und übermäßigen Alkoholkonsums in den letzten Jahren zu erklären, schien ihn nicht zu befriedigen. Da spürte er wieder den Druck im Unterleib, ein Zeichen für seine innere Unruhe, für eine immer noch nicht hinreichend bekämpfte Nervosität. Er warf einen Blick auf seine Armbanduhr. Es war 18.45 Uhr, in wenigen Minuten würde die Maschine zur Landung ansetzen. Er rückte sich im Sessel zurecht und schloß die Augen. Wenn Jagemann mich in dieser Verfassung sieht, wird er mich gleich wieder rauswerfen. Soll er doch! Es wäre ihm nur recht. Ein Neubeginn war jetzt seine einzige Chance, zu fordern, was in ihm steckte. Er hatte die »Firma« gründlich satt. An Deutschland zu leiden, gewiß: ein etwas pathetischer Ausdruck, wie Oliver gern zugab, widerstrebte seinem Innersten zutiefst. Er wollte seine höchst private »Wende«, nachdem sich in Deutschland so ziemlich alles gewendet und gewandelt zu haben schien. Doch der Haß auf die Kommunisten, auf dieses humorlos-bürokratische System hirnloser, doch zuweilen mit äußerster Brutalität vorgehender Apparatschiks war immer noch lebendig. Wenn Jagemann darauf rechnete, mochte er – wenn auch verspätet – ins Schwarze treffen. Oliver hätte auf die Frage, ob er das SED-Regime mehr haßte oder verachtete, keine schlüssige Antwort gewußt. Vermutlich war seine Verachtung größer als sein Haß. Haß hätte ihn blind gemacht, aber sein Job verlangte unentwegt nach Wachsamkeit. Der blanke Zynismus der hauptamtlichen Wendehälse in Ost-Berlin konnte ihn rasend machen, wann immer er dessen gewahr wurde. Der BND-Präsident hatte oft gesagt, daß so viel Leidenschaftlichkeit keine geeignete Voraussetzung für seinen delikaten Job sei. Doch Olivers Erfolge belehrten die Leitung der »Firma« immer wieder eines Besseren. In allen Geheimdiensten der Welt gibt es Leute, die nach Temperament und Gemütslage mehr kaputtzumachen drohen, als sie aufzubauen vermögen. Oft sind sie aber zugleich die besseren Agenten. Oliver atmete tief durch. In München war es wärmer an diesem Frühlingstag als im Rheinland. Er zog seinen Trenchcoat aus und warf ihn lässig über seinen linken Arm. Er blickte sich um. Beinahe hätte er den Mann übersehen, mit seinem dichten Grauschopf, eine stattliche Erscheinung dieser Menzel. Einen Fuß hatte Oliver schon nach rechts gelenkt, als er Jagemanns Fahrer erkannte. Sie begrüßten sich und gingen schweigend zum Wagen. Niemals hatte Oliver Beauvoir die Zentrale betreten, sondern seine Anweisungen und Aufträge entweder im Hause des Fabrikanten Overbeck in Starnberg oder an vereinbarten Treffpunkten im Ausland entgegengenommen. Jagemann hielt das für besser, im aktuellen Falle sogar für dringend geboten. Oliver war Mitte der siebziger Jahre von der »Firma« angeworben worden, zunächst für ganz gewöhnliche Aufträge, bei denen man ihn testen wollte. Er sollte sich auf Osteuropa spezialisieren, um später die Verhältnisse in der DDR besser verstehen zu können. Die Rechnung ging tatsächlich auf. Auf romantische Weise, die im Regiebuch des Nachrichtendienstes eigentlich nicht vorgesehen war. In Franzensbad lernte er Katlen Oeser aus Leipzig kennen; die klassischen Badeorte Böhmens waren damals schon an jedem Sommerwochenende von Ost- und Westdeutschen überfüllt. Die damals 18jährige benötigte nur einen Tag, um Oliver in sie verliebt zu machen. Ihr schwarzglänzendes, streng nach hinten gekämmtes Haar, ein Erbe ihrer Zigeunergroßmutter, verströmte einen herbsüßen Duft, wenn Oliver ihren Nacken küßte, daß ihm regelmäßig schwindlig wurde. Katlen hatte einen Ausreiseantrag gestellt, den man prompt ablehnte, weil sie Sekretärin bei einem Naturwissenschaftler der Karl-Marx-Universität war, der im Auftrage der Universitätsleitung internationale Symposien veranstaltete, die als sicherheitsempfindlich eingestuft waren. Bei ihren Hotelaufenthalten verbarg Katlen aus Furcht vor polizeilicher Entdekkung ihren DDR-Paß wie einen kostbaren Schatz. Regelmäßig bestach Oliver den Hotelportier mit einem Fünfziger in Devisen, damit er sie mit auf sein Zimmer gehen ließ. Eine polizeiliche Überprüfung ihrer Papiere hätte die sofortige Überstellung an die Behörden der DDR, den Verlust ihres Jobs und möglicherweise Schlimmeres bedeutet.

Jedenfalls war es riskant, mit ihr in einen Zusammenhang gebracht zu werden. Oliver hatte das unentwegt im Hinterkopf, doch seine Lippen stießen die unsinnigsten Liebesschwüre hervor, wenn sie einander umarmten und küßten. Mehr noch als die Sinnlichkeit und das häufige Verlangen nach Zärtlichkeiten bezauberte ihn die verführerisch weiche Stimme dieses Mädchens. Ja, es verwirrte ihn, daß er aus jedem ihrer Treffen ein innerdeutsches Drama machen wollte. Er gefiel sich darin, zu leiden, wenn sie am Bahnhof von Franzensbad (Frantiskovje Lazne) Abschied voneinander nahmen und Oliver anschließend mit dem Wagen nach Prag zurückfuhr. Sie dagegen hatte niemals Tränen in den Augen, sondern verbarg ihren Kummer hinter einem Gesicht, das in solchen Augenblicken zu einer blaßfarbenen Maske erstarrte.

Beauvoir hatte fast über die ganze Fahrtzeit hinweg, abgespannt vor sich hindämmernd, die Augen geschlossen. Dabei traten die Bilder der Vergangenheit vor seinen inneren Blick, Müdigkeit und Traurigkeit erfüllten ihn. Er mußte Jagemann auf irgendeine Weise ausreden, ihn reaktivieren zu wollen. Es konnte unter den veränderten Umständen nicht gutgehen. Sie hatten unterdessen die Autobahn verlassen. Menzel steuerte den Wagen mit der Routine des Berufsfahrers durch zwei kleinere Ortschaften; dann ging es auf direktem Wege auf Starnberg zu. Sie fuhren ein Stück die Seeuferstraße entlang, Oliver warf einen prüfenden Blick auf die melancholisch düstere Wasseroberfläche und das im Halbdunkel liegende waldgesäumte Ufer des Sees. Der Wagen hielt an. Als Oliver ausstieg, drehte er sich um, als wolle er sich Gewißheit darüber verschaffen, daß er nicht verfolgt worden sei. Eine lächerliche Übung, durchfuhr es ihn. Die Forsythien im Vorgarten von Overbecks Bungalow standen in voller Blüte und erfüllten die Luft des frühen Maiabends mit ihrem honigsüßen Duft. Ein sanfter Wind wehte vom See herüber und kühlte angenehm Olivers immer noch erhitzten Kopf. An der Haustür trat ihm Hans Overbeck entgegen, der Hausherr und Freund Jagemanns. Als Beauvoir das Entree durchschritten hatte, öffnete sich die Tür der Bibliothek – im Rahmen stand Friedrich Jagemann, von hagerer Gestalt, die dünnen Haare noch strenger nach hinten gekämmt, als Oliver es an ihm gewohnt war. Jagemann war 62 Jahre alt, die Pensionierung würde nicht mehr lange auf ihn warten. Die Herzlichkeit, mit der der BND-Präsident Beauvoir begrüßte, schien echt. Er hegte für Oliver, da selber kinderlos, Vatergefühle. Das war mit ein Grund dafür, daß Beauvoir sich Jagemanns Wünschen nur schwer entziehen mochte. Seit den Zeiten, da der legendäre General Reinhard Gehlen (»Fremde Heere Ost«) den Bundesnachrichtendienst geführt hatte, hatte sich vieles in München-Pullach verändert. Die Gehlen-Nachfolger waren von weniger profiliertem Zuschnitt als ihr bedeutender Vorgänger. Die Aura des

Geheimnisumwitterten war dem üblichen Bürokratenmief gewichen; die Auswahl der Präsidenten wurde nach Parteigesichtspunkten vorgenommen, die Fachleute mit klassischer Spionageerfahrung waren immer seltener geworden. Jagemann bildete erstmals wieder in gewissem Umfang eine Ausnahme. Er leitete die »Firma« seit 15 Jahren mit der Umsicht eines Konzernchefs, dem 7000 meist hochbezahlte Experten anvertraut sind. Das Betriebsergebnis mußte stimmen, nicht so sehr das politische Klima, auf das die Herren in Bonn und München zunehmend ihre Aufmerksamkeit richteten. Jagemann hatte die Kontakte mit der CIA und anderen westlichen Geheimdiensten ausgebaut und trotzdem ein gewisses Maß an Eigenständigkeit nicht aufgegeben.

Er freute sich aufrichtig, Beauvoir wiederzusehen, wenn er auch mit dessen augenblicklichem Gemütszustand kaum zufrieden war, wie Jagemann beim Betreten der Bibliothek beiläufig fallenließ. Overbeck hatte die beiden allein gelassen; ein Verfahren, das üblich und eingespielt war. Sie kamen einander rasch näher, gleichwohl blieb die Atmosphäre von etwas Lauerndem, noch Unausgesprochenem erfüllt.

Jagemann durchbrach die Stille, indem er einen Joke vom Stapel ließ, mit dem er in gewohnter Manier die seinem Amt vorgesetzte Kanzlerbürokratie mit Sarkasmen überzog. Als Oliver daraufhin beifällig lachen konnte, bat ihn der Präsident, endlich Platz zu nehmen. Jagemann wurde ernst. Mit dem Mittelfinger seiner rechten Hand schob er den heruntergerutschten Nasenbügel seiner randlosen Brille nach oben. Er blickte Oliver fest in die Augen, ein ruhiger klarer Blick, wie der eines Lehrers, der einen erfolgreichen Schüler zu noch größeren Anstrengungen ermahnt, um das Klassenziel möglichst nur mit »Einsern« zu erreichen. »Sie übernehmen eine große Verantwortung, verstehen Sie? Der Kanzler ist informiert, auch darüber, daß wir Sie für diese Operation ausersehen haben. Nun zu den Einzelheiten.« Der Präsident hatte sich erhoben. Indem er sich mit langsamen Schritten auf die Bücherwand an der Stirnseite des streng rechtwinkligen Raumes zubewegte, begann Jagemann – nunmehr beinahe im Flüsterton – zu reden: »Unser Mann heißt Jean. Natürlich ein Deckname. Seinen tatsächlichen Namen, seine bisherigen Anschriften und Wohnorte finden Sie in den Papieren, die ich Ihnen später übergeben werde. Wir wissen nicht genau, wo er sich derzeit aufhält. Aber es gibt Leute, die das wissen müßten. Die müssen Sie herausfinden. Das wird nicht einfach sein. Uns brennt die Sache auf den Nägeln. Der Mann ist auf die sowjetische Botschaft in Berlin angesetzt. War früher beim Militärischen Abschirmdienst, dann bei SACEUR in Brüssel. Er ist Oberstleutnant. Geheimnisträger höchster Stufe. Wie er das geschafft hat, weiß ich nicht. Er hat ein Verhältnis mit der Sekretärin der Geheimregistratur in der Sowjetbotschaft. Sie heißt Verena oder so ähnlich. Sie werden das rausbekommen, da bin ich sicher. Jean ist etwa 40, vielleicht etwas jünger. Ob er mit der Kleinen schläft, ist uns nicht bekannt, aber er hat – wie wir genau wissen – einen guten Draht zu ihr, wie man so sagt.«

Der Präsident war unterdessen an Beauvoirs Tisch zurückgekehrt, auf dem eine Schachtel Zigaretten lag, nach der Jagemann mit einer bedächtigen, fast abgezirkelten Armbewegung griff. Oliver reichte ihm Feuer. Er versuchte, Jagemanns Gesichtszüge im Halbdunkel des Raumes, der nur von Tischlampen erleuchtet war, zu erfassen. Er fixierte seinen Mund; die schmalen, fast blutleeren Lippen sogen an der Zigarette, die Mundwinkel zu einem bitteren Lächeln verzogen.

»Jean gilt als amüsanter, genußfreudiger Typ. Er ist ein guter Unterhalter, vielseitig gebildet, manche sagen: geistreich. Er lebt nach der Devise, daß die einzige Sünde, für die es keine Absolution gebe, die Langeweile sei. Ein Zyniker, dieser Jean. Aber einer von der angenehmen Sorte.« Oliver hatte die ganze Zeit über geschwiegen. Er hätte schwindeln müssen, wenn er behauptet hätte, bis zu diesem Zeitpunkt herausbekommen zu haben, worauf Jagemann hinauswollte.

»Ich soll doch wohl kaum den Lebenswandel unseres Spitzenmannes in Berlin auskundschaften, oder?« Oliver schob ein trockenes Lachen nach. Jagemann blitzte ihn mit einem verbogenen Grinsen an.

»Natürlich nicht, mein Lieber. Trinken wir einen? Whisky, Sherry, Wodka?«

Ohne Olivers Antwort abzuwarten, war Jagemann auf das neben dem Sofa plazierte Getränketischchen zugegangen. Er hielt eine Flasche 16jährigen Malt in die Höhe.

»Wie wär's damit?«

Oliver nickte müde.

»Einen kleinen, bitte. Ich hab' sonst Konzentrationsprobleme.«

»Sie? Das können Sie Ihrem künftigen Verlagschef oder sonst wem erzählen, wenn Sie einen Urlaub herausschinden möchten. Aber nicht mir, mein Guter.«

Die Jovialität von Jagemann schien aufgesetzt, erkennbar unehrlich, jedenfalls etwas gespielt. Oliver spürte, er wollte nun endlich zur Sache kommen.

»Nun das Wichtigste, Beauvoir. Wir haben Anlaß zu der Vermutung, daß die Russen unseren Jean umgedreht haben. Genau wissen wir's nicht, aber fast alle Indizien, die in unserem Material enthalten sind, sprechen dafür. Wir müssen völlige Gewißheit haben ...«

»Weshalb denn?« fragte Oliver mit geradezu entwaffnender Unbefangenheit. Jagemann hielt das wohl für die übliche Naivität, eines Top-Mannes wie Beauvoir eigentlich unwürdig.

»Jean besitzt Kenntnis von Nato-Militärgeheimnissen, die wahrscheinlich nicht einmal unserem Kanzler präsent sind, jedenfalls nicht zu jeder Tages- und Nachtzeit. Er könnte sie den Russen verraten, oder: vielleicht hat er es schon getan ...«

»Spielt das denn noch eine Rolle?« Olivers Widerwillen war nun nicht länger zu verbergen. Jagemann zuckte verächtlich mit seiner langen, tiefen Falte, die seine rechte Gesichtshälfte wie eine kunstgerecht markierte Narbe durchzog.

»Noch ist der ewige Weltfriede nicht ausgebrochen. Noch gibt es die Nato, und zwar ohne die Russen. Moskau muß nicht wissen, welche Veränderungspläne das Bündnis in bezug auf Europa hat. Sie sollten überhaupt nur so viel wissen, wie für die kommenden Verhandlungen unbedingt erforderlich scheint ...«

Beauvoirs Interesse an der offenbar heißen Geschichte, die ihn früher auf Hochtouren gebracht hätte, war immer noch nicht richtig erwacht. Er bemühte sich, seinen Whisky so genußvoll wie möglich hinunterzuspülen, nachdem er zuvor den rauchigen Duft des Cragganmore mit den Nasenflügeln über dem Glasrand aufgenommen hatte. Der alte Fuchs hatte auf die professionelle Neugier des einstigen Journalisten und langjährigen BND-Mannes im Außendienst spekuliert – und sich letztlich dabei nicht verrechnet. Oliver schien nach einer glaubwürdigen Entschuldigung für eine Ablehnung zu suchen oder auch nur seine Entscheidung, die im Grunde schon gefallen war, hinauszuzögern. Jagemann redete noch eine Stunde auf sein Opfer ein, erklärte ihm alle operativen Einzelheiten, verriet ihm ein halbes Dutzend subversiver Adressen und Wohnanschriften, ja, er verstrickte ihn derart in das konspirative Netz seiner künftigen Aufgabe, daß Oliver guten Gewissens gar nicht mehr nein sagen konnte.

Als Jagemann zum Ende gekommen war, stand Oliver mit einem hörbaren Einatmen auf und ging zur Terrassentür. Er öffnete sie und blickte in den in tiefem Schatten liegenden Garten hinaus. Die grünschimmernde Fläche des Rasens war von einem dichten Kranz hochaufragender Tannen eingesäumt, Friedhofsstille lag über der kleinen Szene, er war »wieder zu Hause« und wünschte sich im selben Augenblick weit weg ...

3

Ungefähr zwölf Stunden, nachdem der Präsident des Bundesnachrichtendienstes seinen früheren Spezialagenten Beauvoir überredet hatte, »Jean« auf welche Weise auch immer in die Zentrale zurückzuholen, liefen die Telefondrähte zwischen einem kleinen Landhaus in Fontainebleau bei Paris und einer Einzimmerwohnung eines Altbaus in Potsdam heiß. Das Gespräch, das über zwei Stunden dauerte, wurde mehrfach unterbrochen. Beide Anschlüsse verfügten über modernste Telefaxgeräte, die über codierte Nummern angewählt wurden. Nachdem die beiden Teilnehmer einander verständigt hatten, tauschten sie über die Funkstrecke Paris – Brandenburg mehrere faksimilierte Dokumente aus. Nach dieser Operation schaltete der Teilnehmer in Fontainebleau seine Geräte ab. Anschließend verstaute er das gesamte Material und technische Inventar in seinem Renault-Kombi und verließ Fontainebleau in Richtung Paris. Der Teilnehmer in Potsdam hatte es offensichtlich weniger eilig. Er rauchte eine Zigarette, schaltete die Geräte ab und vernichtete alle übermittelten Dokumente in einem Zerhacker. Nach etwa zehn Minuten machte er sich auf den Weg in die Innenstadt.

Wenn er jetzt auf direktem Wege zunächst nach Paris statt Berlin führe, um Agence France Presse um Aufschub für den Vertragsbeginn zu bitten, überlegte Oliver, würde Jagemann sicher einen Wutanfall bekommen. Der Chef hatte zur Eile ermahnt, und das meinte er verdammt ernst. Sie würden einen Krach bekommen, wie es ihn noch nicht gegeben hatte. Würde das aber ihm, der nicht mehr zur »Firma« zählte, noch etwas ausmachen können? Würde man ihn zur Rechenschaft ziehen, disziplinarisch oder sonstwie, und ihm hausintern den Prozeß machen? Oliver legte sich nach alter Gewohnheit alle Argumente pro und contra zurecht, um sich schließlich – in einem Anfall von Trotz – für die sofortige Reise nach Paris zu entscheiden. Die Angelegenheit telefonisch oder brieflich zu erledigen, wäre eine Brüskierung seines künftigen Arbeitgebers gleichgekommen. Eine Vertragsauflösung durfte er – wer ist Jagemann eigentlich! – auf keinen Fall riskieren. Chancen wie diese boten sich nicht alle Tage. Man mußte sich konform und konventionell verhalten, durch persönliches Erscheinen Eindruck machen, höflich sein – es ging schließlich um seine berufliche Existenz.

Gut, er hatte den Job angenommen, und vielleicht würde er damit in einigen Wochen fertig sein. Er kannte sich vermutlich wie kein zweiter vom BND in Berlin aus, hatte Freunde in Leipzig, wie in Weimar und anderen Städten Thüringens. Die Sachsen waren ihm sympathisch wegen ihrer antipreußischen Haltung und ihrer Verachtung für die großmäuligen Reichshauptstädter. Das vereinigte Deutschland war noch lange nicht in ruhiges Fahrwasser gekommen, ganz im Gegenteil: Wochenlang hatten erst die Arbeiter der Eisen- und Stahlindustrie, dann die Lehrer und Postbediensteten gestreikt. Kaum war das feierliche »Einigkeit und Recht und Freiheit« verklungen, gingen die angeblich zu kurz gekommenen, nur gegen ihren hinhaltenden Widerstand »Vereinigten« in Scharen auf die Straße. Es wiederholte sich das Spiel, das Theodor Gaysers linke Parteiheloten, aus den Resten der alten SED und versprengten Gruppen entlassener Stasi-Mitarbeiter zusammengewürfelt, schon vor der Vereinigung planvoll inszeniert hatten. Als Reformkommunist galt, wer jetzt statt des verschlissenen Parka einen Nadelstreifenanzug trug, sich eine randlose Brille auf die Nase setzte, um intellektuell zu wirken, und das Wort »Demokratie« und »Rechtsstaatlichkeit« ständig im Munde führte, obwohl man mit einem Bein noch im stalinistischen Totalitarismus steckte. »*So* nicht mit uns«, hatte Gayser noch am Vorabend des Beitritts der DDR zum Geltungsbereich des Grundgesetzes geschrien, und die Zeitungen von Berlin bis Dresden hatten ihm willfährig ihre Spalten geöffnet. Waren das nur Tage der Abrechnung und des Aufbegehrens gegen einen freiheitlich-demokratischen Staat, der ihnen im Grunde ihres Herzens verhaßt war? Oder mehr? Nein, sie waren keine Gefahr mehr, beruhigten sich die Gemüter aller guten Deutschen. Die hatten abgewirtschaftet, die Honeckers, Mielkes und Grabowskis.

Eine seltsame Mischpoke aus Verbrechern und Spießbürgern.

»Der Altkommunist Gayser narrt und verhöhnt die Öffentlichkeit in Ost und West in geradezu krimineller Weise, um das aus permanentem Mißbrauch entstandene SED/PDS-Vermögen in Milliardenhöhe in der Verfügungsgewalt seiner Partei zu behalten. Gayser hat die Weichen in Richtung betrügerischer Bankrott gestellt. Die Strohmänner aus Stasi und SED sind ihm dabei behilflich und segnen sich auch noch selbst ...« Oliver Beauvoir legte die Zeitung beiseite. Er wunderte sich, diese Sätze ausgerechnet aus dem Munde eines sozialdemokratischen Parlamentariers im »Abendblatt« zitiert zu finden. Vordem hatte man andere Töne vernommen, ganz andere. Aber die »alte Tante SPD« hatte noch einmal rechtzeitig die Kurve gekriegt.

Oliver warf sich aufs Bett und schloß die Augen. Er hätte jetzt nicht geringe Lust gehabt, noch rasch ein nächtliches Abenteuer zu erleben, das warme Fleisch einer Frau zu spüren, sich dem aufreizenden Kitzel einer Liebesnacht hinzugeben, in der man keine Namen nennt. Aber das kleine »Hotel garni« an der Münchner Falckenburgstraße bot vermutlich nichts dergleichen.

Es war besser, dort abzusteigen und die kurzen Nachtstunden zu verbringen, als sich im »Vier Jahreszeiten« sehen zu lassen. Jagemann würde wissen wollen, ob er tatsächlich nach Berlin fliegen würde. Vielleicht genügte es, dachte Oliver, ja ein Ticket nach Paris – auf einen getürkten Namen –

und eines nach Berlin zu buchen, auf den authentischen Namen. Das würde aber auch nur dann gutgehen, wenn Jagemann darauf verzichtete, ihn beschatten zu lassen. Andererseits mußte er annehmen, daß der Chef nicht riskieren wollte, daß Oliver seine Mission vorzeitig abbrechen würde. Folglich hatte er – Beauvoir – für dieses Mal alle Trümpfe in der Hand. Die Frühmaschine nach Paris war kaum zur Hälfte besetzt. Oliver konnte die Beine seitlich ausstrecken und ein Nickerchen einlegen, die Nacht war wieder einmal zu kurz für ihn gewesen, und er hatte die Flasche Whisky, die er sich auf sein Zimmer bestellt hatte, offenbar fast geleert. Noch jetzt starrte ihn das Etikett auf der grünbraunen Flasche an, die er auf dem Plexiglastischchen neben dem Bett abgestellt hatte. Er war des Alleinseins müde. Trinken war doch keine ausreichende Nebenbeschäftigung für einen erwachsenen Menschen. Die Stewardeß lächelte ihn verständnisvoll an, als er um ein Aspirin bat. Die Spuren von Alkohol und Schlafmangel waren ihm deutlich anzusehen. Oliver fragte nach der aktuellen Ausgabe des »Figaro«; die Stewardeß konnte ihm, mit entschuldigender Geste, aber nur den »Matin« reichen. Den Kaffee fand er, wie immer, zum Kotzen. Er liebte den starken Braunen, bei dem sich, wie sein Freund Guido zu sagen pflegte, »die Fußnägel aufrollen«. In Paris werde ich mir selber einen kochen, schwor er sich in diesem Augenblick, um – sich korrigierend – hinzuzufügen: wenn mir überhaupt die Zeit dazu verbleibt ...

4

Bren d'Amours äußere Erscheinung, Körperhaltung, Figur und Kopfstellung zu deuten, so wie er gerade die Rue Kleber hinunterschritt – von schlendern konnte kaum die Rede sein –, wäre einem psychologisch geschulten Betrachter nicht schwergefallen. Oliver war etwas über 1.80 Meter groß, sehr schlank, hatte den Oberkörper von der Taille ab stets ein wenig nach vorne gebeugt, den Kopf mit den scheinbar teilnahmslos suchenden Augen aufgerichtet, so daß Kinnspitze und Brustkorb eine Linie bildeten. Er war ein leptosomer Typ, ein feinnerviger, idealistischer Träumer, der nur mit disziplinierter Anstrengung seine schwierigen Aufgaben wahrnehmen konnte. Außerdem belasteten sie ihn psychisch in einer Weise, die er nur zu oft im Rausch zu mildern suchte. Seine Kleidung war eher nachlässig als modisch ausgewählt, Schuhe und Ledergürtel von unterschiedlicher Farbe, das sandfarbene Polohemd paßte nicht recht zum blauen Einreiher, der in Stoff und Fütterung nicht mehr in die wärmere Saison hineingehörte. Tatsächlich fühlte Oliver, wie eine Spur von Schweiß vom Brustansatz hinabrieselte, er wollte sich beeilen, um endlich im Hotel unter die Dusche zu kommen. Die Teilnahmslosigkeit seines Blickes mochte entgegenkommende Passanten täuschen, denn in Wahrheit beobachtete er weit mehr und viel genauer, als man ihm nach äußerem Eindruck zubilligen mochte.

Er konnte nicht mehr zurück. Soviel schien ihm klar und unabweisbar. Vertragsaufschub und Reservierung seines Jobs als Auslandskorrespondent mit Schwerpunkt Bündnispolitik waren reibungslos und in voller Übereinstimmung mit der Geschäftsführung organisiert worden. AFP hatte sich verständnisvoll und großzügig erwiesen, dem Himmel sei Dank. Oliver hielt vor einem Tabakladen inne, trat ein und kaufte sich eine Stange Gauloise. Ob es Whisky im Hotel gab? Aber sicher, das teure »Raphael«, das er sich auf Spesen leistete, verfügte über eine vorzügliche Bar. »Ich muß mich auf die Papiere konzentrieren, bevor ich hinüber bin«, sprach er mit sich selbst. Aber natürlich, vorher muß ich mit dem Karl telefonieren, der seine Nummer im AFP-Büro hinterlassen hat. Wie hatte er sich genannt? Meyerbeer? Komisch, war das nicht ein Komponist gewesen, 19. Jahrhundert, und ebenfalls mit einer Affinität zu Frankreich? Beauvoir war vor dem pompösen Eingang des »Raphael« angelangt, es lag direkt neben dem Centre des Conférences Internationaux. Die Vietnam-Friedensverhandlungen hatten Anfang der Siebziger hier ihren Höhepunkt und Abschluß gefunden. Meyerbeer, ein Deutscher? Er habe sich in französisch gemeldet, hatte Stephanie, die übermüdet und abgeschlafft wirkende, in Wahrheit quicklebendige Sekretärin des Chefs ihm gesagt. Mit einem Akzent, was weiß ich? »Je ne sais pas, c'etait ridicule ...« und dabei hatte die kleine Brünette mit ihrem pinkfarbenen Lippenstift hell aufgelacht, was zu ihren trägen Bewegungen so gar nicht zu passen schien.

Oliver kannte keinen Menschen namens Meyerbeer in Paris, ein paar Leute von der deutschen Botschaft, einige frühere Kollegen, eine Handvoll Kneipenbekanntschaften und zwei ehemalige Kommilitonen aus seiner Zeit an der Sorbonne. Das lag eine halbe Ewigkeit zurück. Die Telefonnummer hatte Stephanie so keß aufs Papier gekritzelt, daß Oliver Mühe hatte, die Ziffern exakt zu bestimmen. Beim ersten Versuch hatte er einen Mann an der Strippe, der überhaupt nicht wußte, was er von ihm wollte. »Mäeerbeeeer?« Oliver legte mit einem knappen »Pardon, Monsieur ...« wieder auf.

Beim zweiten Versuch, er hatte unterdessen aus einer schlecht geschriebenen »3« eine »8« herausgelesen, meldete sich zunächst niemand. Nach 30 Minuten versuchte Oliver es noch einmal, es war Meyerbeer.

»Monsieur, Sie wollten mich sprechen, kennen wir uns denn?« Der Unbekannte schien nicht im mindesten überrascht, hatte den Anruf erwartet und antwortete auf deutsch: »Guten Abend, nein, wir kennen uns nicht. Nicht persönlich.« Oliver meinte, am anderen Ende der Leitung einen unterdrückten Hustenreiz wahrzunehmen.

»Was kann ich für Sie tun, oder Sie für mich?« fragte Oliver mit erzwungener Gelassenheit. Der Kerl gefiel ihm nicht, seine Ausdrucksweise klang irgendwie gespreizt, aufgesetzt, wie auswendig gelernt. Zuweilen genügte ein Satz, um das herauszuhören.

»Ich möchte Sie um einen Gefallen bitten. Wird nicht viel Umstände machen, das verspreche ich Ihnen.«

»Sind Sie aus der Branche?«

»Was meinen Sie mit: Branche?«

»Na, sind Sie Journalist?«

»Nein, nein. Jetzt verstehe ich. Es geht mir um etwas mehr Persönliches. Darf ich reden?«

»Schießen Sie los. Bin ganz Ohr.«

Er vernahm eine Geschichte, die er sich nur mühsam zusammenreimen konnte. Doch seine anfängliche Uninteressiertheit verlor sich zusehends, als Meyerbeer von Leuten in Berlin und Leipzig zu sprechen begann, die Oliver gut kannte. Er sollte ihnen eine Botschaft überbringen, etwas, was man nicht einfach als Brief auf die Post bringt. Etwas »sehr Persönliches«. »Na, wir kennen uns doch überhaupt nicht. Wieso wollen Sie mir ›Persönliches‹ anvertrauen?« Oliver war unschlüssig, wie er auf den seltsamen Menschen reagieren sollte. Er stammte offenbar selber aus Mitteldeutschland, Oliver tippte auf den anhaltinischen Dialekt, möglicherweise Halle.

Bevor der Unbekannte antworten konnte, schob Oliver die Frage nach:

»Woher wissen Sie überhaupt, daß ich hier bin?«

»Ich möchte Sie sehen. Am Telefon läßt sich das alles schwer sagen. Ich bitte um Nachsicht. Kann nicht weiterreden. Kommen Sie morgen abend, sagen wir: gegen acht, zum Père Lachaise, zum Grab von Jean Epstein, ich denke, Sie kennen sich dort aus. Dann will ich Ihnen alles erklären ...«

»Mein lieber Mann, ich wollte morgen früh nach Deutschland zurück! Geht's nicht früher?«

»Ich bitte Sie nochmals um Verständnis ...«

»Sie verlangen 'ne Menge von mir.«

»Ich weiß ...« Die Stimme wurde etwas dunkler, belegt und heiser.

»Wir sind doch Landsleute. Das hat doch jetzt wieder eine ganz neue Bedeutung für uns, finden Sie nicht?«

»Okay, verstanden. Ich werde kommen. Also bis morgen um 20.00 Uhr. Woran werde ich Sie erkennen?«

»Ich werde am Grab stehen ... und einen Lorbeerzweig in der Hand halten. Allein natürlich. Um diese Zeit ist kaum ein Mensch auf dem Friedhof. Wir werden uns sehen. Ich danke Ihnen.«

Bevor Oliver sich für den Abend vorbereitete, der mit einem Besuch der Hotelbar enden sollte, bestellte er beim Portier einen Mietwagen für den nächsten Abend. Er würde die Spätmaschine nach Köln/Bonn versäumen und statt dessen eine Nachtfahrt mit dem Auto machen. Da wäre er unabhängig von Zeit und Umständen und trotzdem bereits in den Nachtstunden am Ziel. Außerdem würde es besser sein, ein nochmaliges Manöver mit dem Flugticket zu vermeiden.

5

Auf empfindsame Seelen üben Friedhöfe eine magische Anziehungskraft aus. In seinem desillusionierenden Job hätte sich Oliver dieses Gefühl von Morbidität längst abgewöhnen sollen. Es war eine Art Luxus des Herzens, den er sich leistete, wie die vielen Beziehungen zu Frauen, die er in den vergangenen Jahren gehabt hatte. Der Tod ist die große Gelegenheit, nicht mehr ich zu sein, schreibt Schopenhauer. Tod und Liebe, Sterben und Auferstehen. Gegensätze in unendlicher Dimension zueinander und doch vielleicht – letztlich – in eins zusammenfallend.

Daß Beauvoir mit Gedanken, die nah bei solchen Überlegungen waren, den berühmtesten, wenn auch nicht ältesten Pariser Friedhof betrat, lag im wesentlichen daran, daß er ihn von früher kannte und ihn als Pantheon der klassischen Literatur schätzte. Ihn faszinierte vor allem das Grabmal Oscar Wildes, eine in Sandstein gehauene Sphinx darstellend, die von einem Widersacher der gleichgeschlechtlichen Liebe brutal verstümmelt worden war. Darüber war eine heftige Diskussion entbrannt, die darauf hinauslief, daß vielleicht umgekehrt ein Sympathisant das Fabelwesen an der entscheidenden Stelle beschädigt und das Organ, das den Dichter ins Unglück stürzte, als Souvenir mit nach Hause genommen hatte. Oliver las noch einmal die Verse auf dem Grabstein, die aus den Balladen vom Zuchthaus zu Reading stammten:

> Und fremde Tränen werden ihm
> des Mitleids längst zerbrochne Vase füllen,
> denn seine Totenkläger werden Ausgestoßne sein,
> und Ausgestoßne trauern stets.

Er war einige Minuten früher als vereinbart auf dem »Père Lachaise« angekommen, um den merkwürdigen Anrufer vielleicht, bevor man sich zu erkennen gab, kurz aus dem Verborgenen beobachten zu können. Oliver blickte auf seine Armbanduhr, es war sieben Minuten vor acht. Er ging noch ein wenig auf und ab und blieb dann hinter einem der vielen Grabtempelchen stehen. Wenn der Besucher den Hauptweg hinaufkam, würde Oliver von seinem Platz aus nicht gesehen werden.

Meyerbeer ließ nicht mehr lange auf sich warten. Kaum hatte Beauvoir seine Position eingenommen, kam ein Mann mit unziemlich schnellen Schritten, beide Hände in den Taschen eines graublauen Regenmantels vergraben, den Weg herauf, der unmittelbar zur vereinbarten Stelle führte. Er war nur noch etwa zehn Schritte von Beauvoir entfernt, als der Mann plötzlich stehenblieb, sich umschaute und die linke Hand aus der Tasche freigab: Ein verknitterter kleiner Lorbeerzweig wurde sichtbar. Es war der Anrufer.

Oliver machte ein paar Schritte auf ihn zu und

sagte auf deutsch: »Guten Abend. Sind Sie Meyerbeer?«

Der »Landsmann« blickte ihm in die Augen. Meyerbeers Blick drückte keinerlei Erstaunen oder sonstige Regung aus, nur eine Andeutung von Befriedigung, wie wenn man eine Wette gewonnen hat, deren Ergebnis man längst sicher zu sein schien.

»Ja. Ich freue mich, daß Sie gekommen sind. Können wir gehen?«

»Wieso: *wir?* Können wir uns nicht hier unterhalten. Es wird doch nicht lange dauern, oder?«

»Sie sind doch mit dem Wagen gekommen. Würde es Ihnen etwas ausmachen, wenn ich Sie ein Stück begleite? Wir könnten uns während der Fahrt unterhalten.«

Es ärgerte Beauvoir, daß dieser »Landsmann« über seine Zeit verfügen wollte. Er hatte nun aber eingewilligt, ihn anzuhören, es sollte also sein. Seine Widerstandskraft begann nachzulassen. Oliver hatte vor, bis Mitternacht jenseits der Grenze zu sein. Also mußte man sich beeilen.

»Was machen Sie eigentlich in Paris?« fragte Oliver, als sie den Weg in Richtung Ausgang nahmen. Meyerbeer ließ das Stückchen Grünzeug auf den Boden gleiten und hatte nun wieder beide Hände in die Taschen gesteckt.

»Geschäfte. Aber ich möchte bald wieder nach Deutschland zurück.«

Warum rückt er nicht endlich damit heraus? Was will der Mensch von mir? Oliver wurde wütend.

Er spürte ein schwaches Sodbrennen im Hals. Das Aussehen Meyerbeers hatte Olivers Bedauern erregt. Einer der Gründe, weshalb er ihm jetzt überhaupt folgte, obwohl der Weg sie zu *seinem* Wagen führte. Meyerbeer war etwa Mitte 30, hager, mittelgroß, das Gesicht leicht aufgedunsen und von transparenter Blässe. An den Augenwinkeln sah man rötliche Flecken wie von einer fiebrigen Erkältung. Sie waren an der Metro-Station angelangt, in deren Nähe Oliver seinen Mietwagen geparkt hatte. Meyerbeer war damit einverstanden, daß er später mit dem Taxi zurückfahren müsse, während Oliver den Autobahnzubringer nahm, Richtung Osten.

Sie waren 20 Minuten gefahren, wobei Oliver versuchte, der immer noch starken Verkehrsdichte der Innenstadt zu entkommen und endlich auf die Landstraße zu gelangen. Meyerbeer hatte fast die ganze Zeit über geschwiegen, was Oliver zunehmend beunruhigte. Im Gegensatz zu Beauvoir hatte sich sein Begleiter nicht angeschnallt, sondern sich – die Beine, soweit dies möglich war, ausgestreckt – in den Sitz gelehnt, den Mantel leicht geöffnet, wobei darunter nicht, wie Oliver vermutet hatte, ein leichter Anzug, sondern ein verblichener, handgestrickt anmutender Pullover zu sehen war.

Als sie die Stadt hinter sich gelassen hatten und die freie Landstraße sich vor ihnen ausdehnte, unterbrach Meyerbeer endlich die unbehagliche Stille.

»Wissen Sie, daß Theodor Gayser entführt worden ist?«

»Ja, ich habe eine kleine Meldung darüber im ›Matin‹ gelesen, auf dem Flug nach Paris.« Beauvoir warf seinem Nebenmann einen raschen Blick zu, das papierfarbene Gesicht hatte einen Ausdruck von Wut und Schmerz angenommen.

Meyerbeer sprach weiter, mit einer unvermuteten Heftigkeit, die sich augenscheinlich nicht bremsen lassen wollte.

»Was Sie aber noch nicht wissen, *wissen können:* Gayser ist ermordet worden. Sie fanden heute seine Leiche im Grunewald. Er ist erschossen worden. Sie haben das wohl nicht in den Nachrichten mitbekommen?«

»Nein, ich war unterwegs, in der Stadt, bevor ich zum ›Père Lachaise‹ hinausgefahren bin.«

»Ha, ich weiß natürlich schon seit gestern, was los ist. Die Schweine haben unsere Organisation als erste informiert. Wir wollten es nicht glauben und haben deshalb zunächst geschwiegen. Bis die Polizei ihn entdeckt hat beziehungsweise das, was von ihm übriggeblieben ist.«

»Wer sind Sie?« Olivers Stimme klang gepreßt. Der Nebenmann stieß ein hartes, tonloses Lachen aus. Verachtung und Haß waren herauszuhören.

»Wir sind gewissermaßen Kollegen«, äußerte Meyerbeer bitter. »Mit dem Unterschied, daß *wir* offiziell nichts mehr zu melden haben.«

»Stasi, na also. Und ich dachte, Sie hätten euch alle in die Wüste geschickt.«

»Sie wissen genauso gut wie ich, daß wir nicht mehr allein sind. Wir sind vielleicht sogar stärker als früher.«

»Der KGB läßt grüßen. Mann, hören Sie doch endlich auf, der Vergangenheit nachzuhängen. Sie sind erledigt. Natürlich muß man Gayser nicht umbringen. Aber euer Laden ist schuld daran, daß wir heute noch hinter den fabelhaften Kulissen der Einheit Krieg miteinander führen, einen blutigen Krieg, wenn es stimmt, daß man Theodor Gayser wirklich umgelegt hat. Einige hundert von euch sind immer noch aktiv, ich habe es geahnt, aber daß ihr noch im Ausland operiert, ist doch seltsam. Respekt, das habe ich nicht gewußt.«

Oliver hatte unterdessen das Fahrlicht eingeschaltet. Eine neblige Dämmerung legte sich über die Landschaft. Gelegentlich huschten sie an einer kleineren Ortschaft vorüber, der Gegenverkehr wurde zunehmend geringer.

»Ich werde Sie daran hindern, nach Deutschland zurückzukehren. Eigentlich hatte ich Auftrag, schon gestern mit Ihnen zusammenzukommen, ich wollte aber abwarten, was mit dem Entführten geschehen würde. Sie haben ihn umgebracht, wir hatten es befürchtet. Rechtsradikale waren das, aber vielleicht hatte auch Ihre Firma die Hand im Spiel. Ich vermute trotzdem: es waren Rassisten. Gayser war Halbjude und Kommunist, wenn das nicht reicht ...«

»Meine Leute haben mit Sicherheit nichts damit zu tun. Wir hatten Gayser als einen politischen Faktor akzeptiert, obwohl er uns nicht in den Kram paßte. Das wissen Sie. Aber er betrieb, ob er nun wollte oder nicht, euer Geschäft. Die Hälfte seiner Wählerschaft sympathisiert oder fürchtet die Reste der Stasi, das ist doch die Wahrheit ...«

»Ich muß tun, was die Organisation von mir erwartet. Auch für uns ist Gayser nur ein *Faktor* ...«

»Das ist nicht schwer zu erraten. Gayser war nie ein Freund der Staatssicherheit. Gut, er hat gelegentlich mit ihr zusammengearbeitet, wie hundert andere prominente Anwälte auch. Er hat allerdings zu spät erkannt, daß es keinen Sinn macht, mit den alten Mächten zu kungeln, wenn sie abgelöst sind. Er wollte die Macht, mit Mitteln, die nicht die unsrigen sind. Fahren Sie zurück nach Paris und lassen Sie mich meiner Wege ziehen ...«

»Das ist unmöglich, jetzt erst recht. Sie wissen über unsere Leute zuviel, wir vermuten, als einziger. Jagemann weiß das wohl auch. Deshalb schickt er sie nach Berlin. Sie kennen meinen Auftrag. Halten Sie an, wenn ich es Ihnen sage.«

Beauvoir drehte den Kopf zur Seite, Meyerbeer hatte eine Pistole auf ihn gerichtet, eine ihm wohlbekannte Waffe, eine Walther PPK. Wenn er jetzt die Nerven verlöre, würde der »Landsmann« nicht zögern, abzudrücken. Solange Oliver mit 120 Stundenkilometern über den Asphalt der Landstraße jagte, war er noch einigermaßen sicher. Der Gesichtsausdruck seines Nebenmannes sagte ihm, daß er zu allem entschlossen war.

»Nehmen Sie den Fuß vom Gaspedal, wir biegen gleich rechts ab«, stieß Meyerbeer hervor. »Ich sagte: langsamer fahren!«

Oliver blieb nicht mehr viel Zeit, die für ihn bedrohliche Lage zu wenden. Jedenfalls, so dachte er in diesem Augenblick, würde er sich auf keinen Fall darauf einlassen, sich von Meyerbeer an der Weiterfahrt hindern zu lassen. Außerdem bestand für ihn dann akute Gefahr, wenn er in einen der Seitenwege abbog und den Wagen zum Stehen brachte. Schon einmal hatte er eine ähnliche Situation gemeistert, dabei aber riskiert, daß der Beifahrer draufging. Sein Nebenmann war *nicht* angeschnallt, Oliver vergewisserte sich dessen noch einmal durch einen raschen Blick auf Meyerbeers Oberkörper. Etwa 100 Meter vor ihnen leuchteten Straßenlampen auf, blitzschnell erfaßte Oliver ein Hinweisschild »Deviation«. Er hatte, statt langsamer zu fahren, das Gaspedal durchgetreten.

»Achtung, da vorne!« schrie Oliver. Gleichzeitig trat er mit voller Kraft auf das Bremspedal. Die Räder quietschten, mit einem krachenden Aufprall schlug Meyerbeers Kopf auf der Frontscheibe auf. Der Wagen war zum Stehen gekommen. Oliver blickte auf die reglose, verkrümmte Gestalt neben sich. Der Revolver war der Hand entglitten, Blut rann von der kalkweißen Stirn auf Nase und Wangen, die Kinnlade hing nach unten. Beauvoir sah, daß Meyerbeer tot war. Schädel und Halswirbel waren augenscheinlich gebrochen.

Oliver untersuchte die Frontscheibe seines Wagens. Sie wies einen Haarriß quer über die rechte Hälfte auf, Gott sei Dank war sie ansonsten heil geblieben. Er konnte also die Fahrt fortsetzen. Er stieg aus. Er war so benommen, daß er nun alles fast mechanisch machte: die Leiche aus dem Wageninnern zerren, ohne darauf zu achten, daß andere Verkehrsteilnehmer ihn dabei im Vorbeifahren beobachten könnten. Es war inzwischen so dunkel geworden, daß man die Landschaft nur in zerfließenden Umrissen ausmachen konnte. Entlang der Landstraße zog sich ein Graben hin. Bevor Oliver die Leiche dort hinabgleiten ließ, untersuchte er, wiederum beinahe wie von fremder Hand gelenkt, die Taschen des Toten nach Papieren. Nichts. Es schien ihm nicht ungewöhnlich, daß ein Ostagent, nach alter Gewohnheit, über keinerlei Identitätsnachweis verfügte. Der Polizei, zumal im Ausland, sollte in solchen Fällen die Aufklärungsarbeit erschwert werden. Oft blieb diese völlig erfolglos und legte den Fall zu den Akten. Das war der Stasi nur recht. Keine Spuren, keine Affäre.

Beauvoir setzte sich wieder ans Steuer. Er hatte nicht die geringste Ahnung, ob ihn irgend jemand bei seinem Geschäft hatte beobachten können. Die Straße war wie leergefegt. Er war erschöpft. Nach einigen Minuten zündete er sich eine Zigarette an. Die Sache war erledigt. Er war davongekommen. Niemand würde den Toten mit seiner Person in Beziehung bringen, niemand kannte Meyerbeer in Paris oder sonstwo in Frankreich, dessen konnte Oliver gewiß sein. In beiden Fällen war es die Tat einsamer Wölfe, für ihre schmutzige Aufgabe von mächtigen Apparaten ausersehen und planvoll eingesetzt. Einer hatte nun endgültig ausgedient. Sein Tod würde keinerlei Spuren hinterlassen, dafür würde schon gesorgt werden.

6

Wenn man sich einen Moloch denkt, dessen Augen selbst die schwärzeste Finsternis durchdringen, dessen Ohren die leisesten Töne vernehmen und dessen Arme in die entferntesten und verschlungensten Winkel reichen, dann gewinnt man vielleicht eine Vorstellung von dem, was einst die Staatssicherheit in der DDR eines Ulbricht und Honecker darstellte. In den alten Religionen verstanden die Menschen unter diesem Wort ein Opfer, insbesondere waren Kinder gemeint. Später wurde es als Bezeichnung für einen »Gott« mißdeutet und von daher offenbar als alles verschlingende Macht begriffen und gefürchtet.

Das »Ministerium für Staatssicherheit« war ein Herrschafts- und Unterdrückungsapparat, für den es in der Welt augenscheinlich kein Beispiel gibt. Selbst die Stalinisten in der Sowjetunion, in Relation zur Größe des Landes und Bevölkerungszahl, verfügten niemals über einen technisch und personell derart perfekt durchorganisierten Schreckensmechanismus wie die roten Preußen. Sie wurden darin die erfolgreicheren Erben der ihnen vorausgegangenen Nationalsozialisten, deren Zeit zum Aufbau einer komplexen, alle Bereiche des gesellschaftlichen Lebens durchdringenden Organisation nicht ausreichte, da sie sich in einen verbrecherischen Krieg verstrickten, der sie und Deutschland ins Verderben stürzte. Selbst die gefürchtete »Securitate« eines Nicolae Ceausescu war für die Menschen im Lande keine ständige akute Bedrohung ihrer persönlichen Existenz, ihrer privaten Domäne, wiewohl sie im Einzelfall noch brutaler vorging als die Handlanger der Stasi.

Bis in ihre allerletzten Tage hinein haben die Stasi-Leute Grausamkeiten begangen, deren Ausmaß die Menschen erst langsam zu begreifen lernten. Sie überfielen ohne jede Vorwarnung Gruppen friedlicher Kirchgänger, die sich als kerzentragende Demonstranten vor der Nicolai-Kirche in Leipzig versammelten, schlugen sie erbarmungslos zusammen und schleppten Dutzende von ihnen in Gefängnisse, während einige hundert Meter davon entfernt das Bach-Orchester im Neuen Gewandhaus die »Toccata und Fuge in D-Moll« intonierte. Sie vergewaltigten Frauen bei Verhören, um ihnen Geständnisse sogenannter Vergehen ihrer Freunde abzupressen, wofür in keinem Land der zivilisierten Welt eine Person auch nur mit einem herabsetzenden Wort bedacht werden würde. Die Stasi schickte ihre Leute als heimliche Beobachter auf die Friedhöfe der Provinz, wenn die von den Staatsorganen gedungenen Killer der NVA wieder einmal einen sogenannten Republikflüchtling kaltblütig erschossen hatten – und sich am offenen Grabe der meist jungen Frauen und Männer erschütternde Szenen abspielten. Davon haben seinerzeit nur wenige Menschen Notiz genommen, weil sie von ihrem alltäglichen Elend zermürbt waren und die Hoffnung auf Besserung aufgegeben hatten. Im Westen wollten nur wenige Kenntnis von Vorgängen nehmen, die ihnen, wären sie vor ihrer eigenen Haustür geschehen, die Eingeweide zerwürgt hätten. Selbst ein amtlich dazu berufener Sprecher der frei gewählten deutschen Regierung wollte auf Fragen von Journalisten keine Stellung beziehen zu dem unerhörten Vorfall, daß ein junger Mann, der die Elbe durchschwommen hatte und, am Westufer sich aufrichtend, von einer Kugel eines NVA-Schützen getroffen wurde (und nur wie durch ein Wunder von Ärzten gerettet werden konnte), weil – so die offizielle Begründung – »der Fall schon einmal in einem anderen Zusammenhang behandelt worden sei«. Man hatte sich an die Teilung gewöhnt und folglich auch an die Verbrechen des Ministeriums für Staatssicherheit und die »Nationale Volksarmee«. Das Schlimmste waren deren subversive und von der Bevölkerung fast unbemerkte Versuche, Eingang in Leben und Verhaltensweisen, ja in das Denken der Menschen zu finden. Dazu waren alle Mittel recht. In einem erst nach der friedlichen Revolution (ein Wort, das leider nicht ganz zutrifft, weil halbe Sache gemacht wurde) bekannt gewordenen Dokument, einer »Vertraulichen Verschlußsache VVS-0008, MfS-Nr. 82/88« teilte ein Generaloberst, der dem Chef der Staatssicherheit unmittelbar unterstellt war, den »Diensteinheiten«, die das auszuführen hatten, noch knapp ein Jahr vor der Wende im anderen Teil Deutschlands mit:

»... auf der Grundlage eines entsprechenden Beschlusses des Politbüros des ZK der SED ist vorgesehen, einen Verband der Freidenker in der DDR zu bilden ... Die Bildung des Verbandes ergibt sich aus der Notwendigkeit, in einer Zeit verstärkter ideologischer Auseinandersetzung zwischen Sozialismus und Imperialismus noch breiter mit vielfältigen Methoden unsere Weltanschauung in alle Schichten der Bevölkerung hineinzutragen, ihnen Ideologie und Politik der Partei zu erläutern und Versuchen reaktionärer kirchlicher Kräfte, ihren religiösen Einfluß zu erweitern, und dem politischen Mißbrauch verfassungsmäßig garantierter Rechte der Kirchen offensiv zu begegnen ... Er wird mit den anderen gesellschaftlichen Organisationen eng zusammenarbeiten. Mitglied des Verbandes können – unabhängig von ihrer Mitgliedschaft in Parteien und Massenorganisationen – alle Bürger ab dem vollendeten 13. Lebensjahr werden ...«

Die Stasi überließ bei all ihren Aktionen, die sie meist im verborgenen, oft aber auch ohne Rücksicht auf Wahrnehmungen der Öffentlichkeit, durchführte, nichts dem Zufall. Bei der Bildung dieses ominösen, im Grunde bereits ihre Ohnmacht gegenüber Veränderungen in der Gesellschaft anzeigenden Verbandes der Freidenker hatten die Leiter aller Dienststellen des MfS durch zielgerichteten Einsatz der operativen Kräfte diesen Prozeß der Bildung und Profilierung der Vorstände zu unterstützen. Daß die Anweisung lautete, peinlichst auf die Zuverlässigkeit der politischen Kader zu achten, zeigt an, daß das MfS seiner Sache schon im Herbst 1988 nicht mehr so sicher war wie ehedem.

Die Staatssicherheit war ein überperfektes System der Bespitzelung von Menschen in praktisch allen Lebensbereichen. Als die Stasi-Zentrale nach der politischen Wende geräumt wurde, traten rund sechs Millionen Personalakten und tonnenweise weiteres Material, Tonbänder, Fotos und Dokumente zutage. Fast die Hälfte der erwachsenen Bevölkerung des Arbeiter- und Bauern-Paradieses war auf irgendeine Weise ausgeforscht worden oder zählte zu den Spitzeln. Tag für Tag liefen in den Jahren, in denen die Stasi aktiv war, Tausende von Informationsberichten in den 15 Bezirksverwaltungsstellen und erst recht in der riesigen Zentrale in Berlin-Lichtenberg ein. Ein ehemaliger MfS-Mitarbeiter bestätigte, was kundige Thebaner schon längst geahnt hatten, daß nämlich die Stasi am eigenen Material zu ersticken drohte. Doch der Moloch verlangte nach immer mehr, er war bis zuletzt gefräßig. Der personelle Apparat umfaßte, wie man später herausfand, zwischen 90000 und 100000 offizielle und sogenannte inoffizielle Mitarbeiter. Amtliche Stellen in Bonn hatten noch Mitte der achtziger Jahre deren Zahl auf nur 60000 bis 80000 geschätzt.

Menschenraub, Erpressung und Mord gehörten zu den Praktiken der Stasi ebenso wie Bespitzelung, Nötigung und psychische Zermürbung. Namentlich in den fünfziger Jahren, in der Hochblüte des kalten Krieges, wurden mehrere hundert Fälle von Menschenraub bekannt. Die Opfer waren DDR-Flüchtlinge, »Verräter« aus den Reihen der SED, Überläufer aus den bewaffneten Organen einschließlich des MfS, Mitarbeiter der Ostbüros westlicher Parteien und westlicher Geheimdienste, und – nicht zuletzt – unbequeme Journalisten.

Das Leid, das diese menschenverachtende Organisation mit zynisch-bürokratischen Mitteln anrichtete, ist unermeßlich. Es lastet als Hypothek der Vergangenheit auf der Zukunft aller Deutschen. Bis in den Spätherbst 1989 konnte man an den Fabriktoren eines Otto Grotewohl gewidmeten Maschinenbau-Unternehmens in Leipzig Transparente mit der Aufschrift lesen: »Die DDR ist die Heimstatt der Freiheit, Demokratie und Menschenwürde.« Drei Wochen vor der Wende wurde es abgerissen. Vorarbeiter und Ingenieure hatten ihre Parteibücher der Unternehmensleitung auf den Vorstandstisch geknallt. Niemand hatte mehr Angst. Sie war den Helden von Leipzig seltsamerweise durch ein Übermaß an Unterdrükkung und Terror von der Seele genommen worden. Einer der namenlosen Helden, die Montag für Montag auf die Straße gingen, um ihr Menschenrecht einzufordern, sagte später: Hätten die Machthaber im letzten Moment doch noch eingelenkt, wäre es nicht zur Revolution gekommen. Deshalb empfanden die Menschen geradezu Wollust bei dem Gedanken, daß die Herrschaftsclique in Ost-Berlin weitermachen würde, weil sie erst dadurch wirklich reif zum Umsturz war ...

Die bedenklichsten Tatsachen über die Stasi kamen erst im Laufe des Jahres 1990 ans Licht: Seit Mitte der siebziger Jahre hatte das MfS planvoll und kaltblütig flüchtende Terroristen aufgenommen, ihnen eine neue Identität verpaßt und sie in der Bevölkerung der DDR untertauchen lassen. Sie waren zum größten Teil über den Nahen Osten eingeschleust worden, wo sie vor dem Zugriff westlicher Sicherheitskräfte nicht dauerhaft geschützt waren. In der DDR freilich durften sie sich sicher fühlen, dank Mielke und Genossen, die nur danach trachteten, die verhaßten Kapitalisten im Westen zu ärgern oder, wenn sich Gelegenheit dazu ergab, zu destabilisieren. Kurz danach wurde durch gezielt in die Presse lancierte Meldungen bekannt, daß die frühere Stasi ein Spezialkorps von etwa 2000 hochrangigen Offizieren seit 1986 als »fünfte Kolonne« in alle möglichen Spitzenpositionen im In- und Ausland eingeschleust hatte. Sie waren, mit neuer Identität ausgestattet, in der Industrie, in Parteien und gesellschaftlichen Organisationen tätig. Sie sollten, so der Sinn einer Geheimen Verschlußsache von Erich Mielke vom 17. März 1986, unerkannt in allen Schlüsselbereichen eingesetzt werden, um dem drohenden Verfall des SED-Staates entgegenzuwirken. Das Unternehmen lief unter der Abkürzung »OibE« (Offiziere im besonderen Einsatz). Das neue Innenministerium in Ost-Berlin versuchte, diese Leute anhand der sogenannten »blauen Besoldungskartei« aufzuspüren. Hunderte meldeten sich freiwillig, um einer Strafverfolgung zu entgehen oder um sich mildere Strafen einzuhandeln. Einige hundert blieben unauffindbar. Im Falle des Zusammenbruchs sollte die geheime Garde das Vermögen der Partei retten.

7

Er war nun allein mit sich selbst. Es kam ihm voll zum Bewußtsein, wie ernst es Friedrich Jagemann mit dem Auftrag meinte. Und er hatte, sträfliche Naivität, für die er sich nachträglich auf das heftigste schalt, sich eingebildet, ein halbes Jahr nach der von Millionen Menschen ersehnten Einheit sei plötzlich der innere Friede ausgebrochen, wenn schon nicht der Weltfriede. Verdammte Tat, wie töricht hatte er sich verhalten, in die Begegnung mit einem Fremden einzuwilligen, noch dazu in Paris, wo ihn außer den AFP-Chefs niemand hätte identifizieren sollen. Oliver hielt abermals an und lenkte den Renault behutsam in einen Feldweg. Seine handliche kleine Taschenlampe, ein Mehrzweckinstrument seiner einstigen Agentenausrüstung, half ihm dabei, die Blutflecken von der Frontscheibe und der aus Hartplastik bestehenden Armatureneinfassung zu beseitigen. Er achtete darauf, jedes Haar auf der Nackenstütze des Nebensitzes zu entdecken und sorgfältig zu entfernen. Die Autoverleihfirma in Luxemburg, wo er den Wagen abgeben und dann mit dem Zug weiterfahren wollte, sollte nicht davon erfahren, daß er je einen Beifahrer hatte.

Kurz vor der Grenze hielt ihn eine Polizeistreife an: Oliver hatte ein Stoppschild nicht beachtet, zahlte murrend seine 900 Francs und fuhr weiter. Als er die Innenstadt erreicht hatte, beeilte er sich, in die Nähe des Hauptbahnhofs zu kommen, um den Wagen loszuwerden. Der Nachtdienst der Verleihfirma schob ihm ein Formular zu, das er eilig unterzeichnete. Die zerbrochene Scheibe lief unter »Glasschäden«, ein alltäglicher Fall, der keinerlei Aufsehen erregte. Nach einer knappen Stunde Wartezeit bestieg er den Zug in Richtung Köln.

Morgenröte stieg über dem Rheintal auf, als der Zug gegen halb fünf in den Hauptbahnhof Bonn einfuhr. Beim Umsteigen in Köln hatte Beauvoir sich den »Expreß« gegriffen und in den 20 Minuten Fahrtzeit bis zur Bundeshauptstadt quergelesen. Das Parlament war bereits in Ferien gegangen; es hatte den üblichen Streit zwischen dem Finanzminister und den Bundesländern gegeben, die ihre Zuschüsse zum Fonds Deutsche Einheit nicht angehoben wissen wollten. Na ja, man hatte wohl auch anderes vereinbart, aber das sah inzwischen alles ganz anders aus. Die Einheit kostete Geld, hatte für den Konsum jedoch einen ungeheuren Schub gezeitigt, den die Wirtschaft lange vorhergesehen hatte. Ein hochrangiger Beamter und zwei Sekretärinnen des Kanzleramtes waren endgültig als Mitarbeiter der alten Staatssicherheit enttarnt worden, ein Fall, der niemanden mehr so recht in Erregung versetzen wollte. Es hätte unterdessen Mühe gekostet, den Lesern zu erklären, wer oder was sich eigentlich hinter der Stasi verbarg. Der Außenminister war mit einer neuerlichen Herzattacke auf die Intensivstation der Universitätsklinik gebracht worden, Diagnose: sehr ernst. Der Kanzler hatte sein erstes Ferieninterview am Wolfgangsee gegeben, diesmal nicht der »Welt«, sondern der Berliner »Neuen Zeit«.

Als Beauvoir in seiner Wohnung auf dem Venusberg angekommen war, fand er ein Telegramm von Jagemann vor, in dem er dringend um einen Anruf gebeten wurde. »Der Alte hat gemerkt, daß ich meine eigenen Wege gegangen bin, ein verdammt schlauer Fuchs ...« durchfuhr es Oliver. Morgen würde er noch einmal gegen die Anweisungen handeln und zunächst nach Leipzig fahren, »um das Terrain vorsichtig zu sondieren«, wie Oliver jetzt halblaut vor sich hin sagte, um dabei genüßlich mit der Zunge zu schnalzen. »Soll er mich mal ... ich hab' schon mein Pensum hinter mir ...«

Es war natürlich doch ein längerer Text, keines jener knappen Telegramme, die Beauvoir unter »Aufenthaltskontrolle« abzuhaken pflegte. Das Dechiffrieren machte ihm etwas Mühe, er war aus der Übung gekommen. Den Freunden in Köln lagen beunruhigende Meldungen vor, er – Beauvoir – solle sich beeilen, nach Berlin zu kommen. Man brauche endlich »Jean« in der Zentrale ... (es klang beinahe so wie »tot oder lebendig«), falls Oliver den verschlüsselten Text richtig interpretierte. Das Kanzleramt habe noch einmal Druck gemacht, man sei allenthalben besorgt wegen der Russen, deren internationales Auftreten mit jedem Tag rigider werde. Man habe nun nicht mehr den geringsten Zweifel daran, daß »Jean« eine Gefahr bedeute, wenn die sowjetische Militärregierung sich seiner annehme. In diesem Punkt übertrieb der BND-Chef ein wenig, denn in der Sowjetunion hatte es keinen regulären Militärputsch gegeben, sondern nur – oder immerhin – eine Veränderung der Machtverhältnisse insoweit, als jetzt dem Staatspräsidenten ein Militärrat zur Seite gestellt worden war, der bei allem, was außen- und sicherheitspolitisch entschieden wurde, gefragt werden wollte. Der Präsident bildete in seiner Person und mit seiner imponierenden Machtfülle nicht mehr die alleinige exekutive Instanz.

8

Sie hielten einander die Hände, ineinander verschränkt wie Jungverliebte. Wenn sich ein leichter Windhauch in der mittäglichen Hitze bewegte und Oliver nicht gerade den beißenden Geruch einer der vielen Würstchenbuden in der Nase hatte, atmete er den Duft von Katlens Parfüm ein, ein Hauch von Moschus und Flieder. Sie hatten gerade, den Opernplatz verlassend, die Goethestraße überquert und waren in die Fußgängerzone im Zentrum Leipzigs eingeschwenkt. An diesem Wochenende hatte die Messestadt ihren großen Flohmarkt, die Menschen drängten sich durch die dichtgestellten Reihen der Trödler und Grillstände. Die Hauptgeschäftsstraße zwischen dem Großen Markt und der Universität hatte seit geraumer Zeit das Aussehen einer westdeutschen Großstadt angenommen, links und rechts prall gefüllte Schaufenster, Mode-Boutiquen, Blumenläden, Zeitungskioske. Die Passanten drängten sich in Richtung Großer Markt in immer enger werdenden Reihen durch das Geschäftszentrum, es hatte sich – wenn man das Leipzig vor der Vereinigung zum Vergleich heranzog – zu einer Mischung aus Gelsenkirchen und Düsseldorf entwickelt.

Oliver hatte das Gefühl, beobachtet zu werden, und einige Male rempelten ihn Passanten von hinten an, als sie an ihm vorbei wollten. Anders als es seine Gewohnheit war, hatte er jetzt seinen Oberkörper nicht in der nachlässigen Art nach vorn ausgestellt, sondern bemühte sich, in aufrechter Haltung neben Katlen herzuschlendern. Sie war immer noch ein schönes Mädchen, mit fast kindlich weichen Zügen, obwohl sie bald 30 sein mochte. Unter ihrem blaßrosafarbenen T-Shirt malten sich deutlich die Konturen ihrer prachtvoll geformten Brüste ab. Wenn Oliver irgendeine bissige Bemerkung über die emsig Plastiktüten schwenkende Menge machte, stieß Katlen ein helles, kicherndes Lachen aus und setzte ihm dann einen schmatzenden Kuß auf die rechte Wange.

Sie waren nicht mehr ineinander verliebt, aber in der vergangenen Nacht hatten sie miteinander geschlafen wie in alten Zeiten. Das schon etwas wackelige Ausziehbett in Katlens Zweizimmerwohnung im Vorort Leutsch hätte infolge der heftigen Bewegungen und rhythmischen Bearbeitungen beinahe den Geist aufgegeben, wenn die findige Wohnungsinhaberin die ausgediente Matratze nicht vorsorglich mit einem Bücherstapel gestützt hätte. Katlen war eine verschwenderisch ausdauernde Küssende. Geschickt verstand sie Olivers Ungestüm beim Lieben abzuwehren, wenn er zu früh und zu schnell wollte, was die junge, leidenschaftliche Frau sich bis zum genußvoll ausgedehnten Höhepunkt aufbewahren wollte.

Am anderen Morgen hatten die beiden sich dann mit Hans Hermann Meyer im Messerestaurant zum Frühstück getroffen. Meyer, Anfang 50, mittelgroß, graumeliertes Haar, geschniegelter Apparatschik-Typ, doch nicht ohne menschliche Wärme und sympathische Ausstrahlung, ließ bei Tisch keinen Blick von der jungen Frau. Aus seinen Augen hinter leicht getönten Brillengläsern, soweit Oliver das ausmachen konnte, lauerte ein Anflug von Eifersucht.

Trotzdem blieb er verbindlich und verstand, das Gespräch in locker-heitererWeise über die Runden zu bringen. Katlen war kein eigentliches Leipziger Mädel, sondern stammte aus dem Provinzstädtchen Leisnig an der Mulde, auf halbem Wege in Richtung Dresden. Sie war aber schon seit zehn Jahren in der Messestadt zu Hause und mit ihrem Chef Hans Hermann Meyer befreundet. Oliver schien zu ahnen, daß sie etwas miteinander hatten. Er empfand keinerlei Eifersucht dabei, trotzdem schien es ihn auf irgendeine Weise zu stören. Kein Mann ist in seinen Verhältnissen gegenüber Frauen völlig frei von den Anfechtungen verletzter Eitelkeit. Katlen hatte das begriffen und bemühte sich, die Unterhaltung möglichst entspannt zu halten. Meyer und Beauvoir, die sich ein halbes Jahr zuvor zum letztenmal gesehen hatten, verabredeten sich für den Abend in Auerbachs Keller, später sollte Katlen zu ihnen stoßen. Meyer hatte vorsorglich einen Tisch im »Falstaff« bestellt, immer noch eines der besten Speiserestaurants der Stadt.

»Möchtest du 'n Bier, Oliver?« Katlen bückte sich zu ihrem kaum 60 Zentimeter hohen Kühlschrank, dessen ehemals weiße Grundfarbe völlig verblichen war. Oliver, der direkt hinter ihr stand, verspürte aus mehr als einem Grund brennende Trockenheit im Halse. Er brummte nur ein heiseres »Ja« und blickte dabei auf das Dreieck ihres Slips, das ihren prallen Po nur halb umspannte. Katlen war bis auf ihr Höschen nackt. Als Oliver ihre Oberschenkel berührte, richtete sich Katlen rasch auf, indem sie sich ihm von ihrer Vorderseite zeigte und mit einem Grinsen eine Flasche Bier in die Hand drückte.

»Hier, trink erst mal. Ich dusch mich jetzt.«

Oliver nahm ein paar kräftige Schlucke, zog Hemd und Hose aus, bis auch er nackt in der engen Wohnküche stand. Er befeuchtete ein Handtuch und rieb damit seinen schweißtriefenden Körper ab. Er ging ins Schlafzimmer, das zugleich Wohnraum war, und warf sich aufs Bett, auf dem noch die von der vergangenen Nacht zerwühlten Kissen lagen.

Eine wohlige Mattigkeit rieselte über die erfrischte Haut, er schloß die Augen und wünschte sich, daß Katlen endlich bei ihm sei.

»Du bist mir ja einer, weeste ...?« hörte er plötzlich Katlens glucksende Stimme. Dann war sie bei ihm und bedeckte ihn der Länge nach mit ihrem nach Duschgel riechenden, straffen Leib. Sie küßten sich, als wäre es das erste und vielleicht das allerletzte Mal. Sie liebten sich, bis sie erschöpft auf die ächzende Matratze zurücksanken.

»Bleib' bei mir, geh' nicht wieder fort, ich habe

Angst«, flüsterte Katlen ihrem Geliebten ins Ohr, verführerisch und beunruhigend zugleich. »Ich habe Angst vor allem, vor der Zukunft, vor Meyer, und davor, daß du mich endgültig verläßt.«

Sie war wieder das Kind, das er zum erstenmal im Marienbader »Esplanade« geliebt hatte, mit unsagbar romantischen Empfindungen, die ihm später nie wieder kommen sollten. Der Blick ihrer braunen Augen hatte ihn traurig werden lassen; es war eine lähmende Traurigkeit, die ihn völlig kraftlos machte, bis er wieder ihre Umarmungen ersehnte und sie lieben wollte. Sie gewann durch den Liebreiz ihrer Erscheinung, war aber, wenn man sie näher kennenlernte, von manchmal abweisender Verschlossenheit und Kühle. In Marienbad hatten sie ihre schönsten Tage verbracht, in einer Zeit, die unendlich weit zurückzuliegen schien, als man noch frostige Grenzen überwinden mußte, um sich sehen und lieben zu können. Das würde niemals wiederkehren, und das machte Oliver abermals traurig. Er versprach ihr, sie nicht zu verlassen. Im Gegenteil, sie würden schon in Kürze als »verheiratetes Paar« (Oliver bemühte sich, durch Heben der Stimme das Adjektiv »verheiratet« besonders zu betonen) nach Berlin gehen und dort eine Weile leben.

»Was?« Katlen war völlig perplex. »Mach' keene Witze, weeste. Mir ist nicht danach.« Sie trat dicht an Oliver heran und schaute ihm in die Augen. Oliver blinzelte und faßte sie bei den Schultern. Er fühlte ihr festes, betörendes Fleisch.

»Na klar, warum sollte ich mich über dich lustig machen?« Katlen machte sich wieder los und wandte sich in Richtung Küche.

»Soll ich uns 'n Kaffee machen?« Oliver setzte sich in einen der beiden Korbsessel, die Katlen sich vom Sperrmüll geholt und mit Könnerhand aufgearbeitet hatte.

»Phantastisch, ich brauch' 'nen starken«, rief er ihr aufmunternd zu. »Übrigens, hast du mit Meyer gepennt?«

Katlen steckte ihren Kopf durch die Tür, die die beiden Räume voneinander trennte und die fortwährend offengestanden hatte. Sie hielt ihr Gesicht ein wenig schräg, wobei ihr langes dunkles Haar zur Seite fiel.

»Ja, wundert dich das? Du warst eine Ewigkeit nicht mehr hier.«

»Du hattest mich aufgegeben, oder?«

»Meyer hat 'ne Menge für mich getan. Der hat Beziehungen, kannste dir vorstellen. Und er ist in mich verliebt.«

»Liebst du ihn auch, Kati?« Oliver gebrauchte zum erstenmal wieder die Koseform ihres Namens.

Er war ihr inzwischen in die Küche gefolgt und beobachtete sie bei der Kaffeezubereitung. Kati besaß ein irres Geschick, mit ihren kleinen Gerätschaften und all' dem zusammengewürfelten Geschirr und Besteck umzugehen, daß ihm schon beim Zusehen ganz schwindlig wurde.

»Hier hast du deinen Kaffee, wir gehen rüber«,

sagte Katlen fast geschäftsmäßig. »Laß uns über was anderes reden, ja?«

Sie nahmen ihre gewohnten Plätze im Wohnraum ein. Das Bett war immer noch zerwühlt und verströmte einen Geruch, wie ihn schwitzende und liebende Körper in den Kissen zurücklassen.

»Habe ich dich verletzt?« forschte Oliver sie aus. »Paß auf, der Meyer wird mir noch heute sein Haus in Berlin leihweise anbieten. Ich werde ihm sagen, daß wir für ein paar Wochen dorthin gehen. Ich habe erfahren, daß ihm die alte Bonzenvilla in Wandlitz immer noch gehört ...«

Kati schien weniger überrascht, als Oliver vermutet hätte.

»Mir hat er erzählt, er habe sie zurückgekauft, nachdem man sie ihm nach der Wende abgenommen hätte. Meinst du wirklich, der läßt uns da wohnen?«

»Ich bin fast sicher. Schau mal: Er ist in dich verliebt, macht sich Hoffnungen. Er sieht aber, daß wir zusammen sind und er im Augenblick nichts unternehmen kann, das zu ändern. Er möchte dich am seidenen Faden halten und dich wieder an sich ziehen, wenn er dazu eine Möglichkeit erblickt.«

»Würdest du das zulassen?« Katlen setzte ihre Tasse, aus der sie einen symbolischen Schluck genommen hatte, geräuschvoll auf das Glastischchen. Sie machte ein beleidigtes Gesicht.

»Du, wir nützen den Mann nicht aus. So wie die Dinge liegen, ist es besser so. Du bist mit ihm befreundet, ich kenne ihn durch dich. Wir sind irgendwo und irgendwie miteinander verbandelt, da ist doch nichts dabei. Wenn wir als verheiratetes Paar in Wandlitz aufkreuzen, wird man uns weniger argwöhnisch betrachten, als wenn ich allein hingehe. Ich befinde mich offiziell im Urlaub. Du allein weißt, daß das nicht ganz richtig ist.«

»Arbeitest du denn immer noch für die Regierung? Ich meine ›nebenher‹?« Katlen blickte ihn fragend und etwas ratlos an.

»Na ja, ich habe in Berlin ein paar Gespräche mit Leuten, die den Umzug in die Hauptstadt vorbereiten. Du kennst ja mein Problem: Der Minister, für den ich – diskret und vertraulich – als PR-Mann tätig war, ist ein schrecklicher Langweiler gewesen, er ist auch nicht mehr im Amt. Aber es könnten sich neue Möglichkeiten ergeben.«

»Du bist mir ja 'n schöner Journalist. Schreibst für Zeitungen und berätst Minister, wie sie sich gegen die Tricks der Presse zur Wehr setzen.«

»Das ist nicht richtig, Kati.« Oliver rang sich ein gequältes Lachen ab. Kati merkte, wie falsch es klang. »Ich werde Reden schreiben, Pressekontakte herstellen und am Ende vielleicht ganz bei der Sache bleiben.«

»Du sagst mir nicht die Wahrheit. Wenigstens hast du mir vor ein paar Monaten noch was ganz anderes erzählt ...«

»Geschrieben ...« verbesserte sie Oliver. »Entscheidend ist, daß ich dich in Berlin brauche, dich überhaupt brauche. Verzeih' mir, laß uns doch darüber nicht streiten, Liebes.« Oliver überlegte einen Augenblick, ob er ihr nicht die ganze, ernüchternde Wahrheit sagen sollte. Doch dadurch hätte er sie in Gefahr gebracht, sie durfte nichts wissen, oder doch nur so viel, wie unbedingt erforderlich war. Vielleicht war die Geschichte auch schneller abgespult, als er im Augenblick wissen konnte. Er würde »Jean« aufspüren und ihn mit den gewohnten Methoden nach Hause befördern. Dann war er frei, dann konnte er Katlen alles sagen. Oliver fühlte, daß das Verlangen nach Kati viel stärker war, als er sich zunächst eingestehen mochte. Auch sie schien so zu empfinden, denn plötzlich legte sie ihren Arm um seine Schulter und zog ihn fest an sich.

»Küß mich, ich liebe dich.« Katis Stimme klang sanft, ein verzeihender Unterton verscheuchte alle ärgerlichen Gedanken aus Olivers Kopf. »Ich liebe dich auch«, antwortete Oliver fast mechanisch, aber ganz und gar unmechanisch ließ er seine Hand an ihrem Körper hinabgleiten. Sie küßten sich, ein langer versöhnender Kuß. Jetzt erst wußten sie, daß sie sich nicht mehr trennen würden und die Tage in Leipzig der Beginn einer neuen Beziehung waren.

9

Hans Hermann Meyer, der Boß der Messegesellschaft, hatte eine Vita, die Beauvoir nur bruchstückhaft überblickte. Kurz vor den dramatischen Veränderungen in Mitteldeutschland war er mit ihm bekannt gemacht worden. Damals erschien er ihm als einer jener vorsichtigen, die Entwicklung abwartenden Reformkommunisten nach dem Beispiel des tapferen Dresdner Oberbürgermeisters, der dann ziemlich geräuschlos von der politischen Bühne verschwand. Meyer, von Hause aus Ingenieur und intelligenter Organisator, war – so wollte es die offizielle Legende – von seinen Parteibonzen wegen unausgesetzten Abweichlertums heruntergestuft worden. Er galt als Anwärter auf einen Sitz im Zentralkomitee, den man ihm wenige Monate vor der Wende streitig machte. Er übernahm den als unpolitisch eingestuften Posten des Messechefs in Leipzig, unterhielt munter und ungeschützt Westkontakte, um dann nach der Wende einer der Mitbegründer der SED-Nachfolgeorganisation PDS zu werden. Es handelte sich in Wahrheit um den alten stalinistischen Parteiapparat, der sich ein demokratisches Mäntelchen übergeworfen hatte, um die neue Zeit zu überstehen. Meyer galt als verdammt wendig und opportunistisch, allerdings auf eine Weise, wie man sie in seinen Kreisen niemandem übelnahm. Er galt als Genießer in allen Dingen, die das Leben angenehm machen, trug stets feinste Seidenkrawatten, die er sich in West-Berlin besorgte, und hatte einen enormen Verbrauch an Frauen, meist deutlich jüngeren, die seiner Eitelkeit schmeichelten und die er bei Bedarf an neuen auf leichte Art wieder loswerden konnte. Bei Katlen Oeser schien die Sache ernster, er war offenbar in die junge Frau verliebt, hofierte und förderte sie, wo er konnte, und bildete sich offenbar ein, ebenfalls geliebt zu werden. Es war Olivers Eigenart, einen Nebenbuhler niemals auf ein Konkurrenzverhalten in Liebesdingen anzusprechen oder ihn gar durch eifersüchtiges Gebaren herauszufordern. Er pflegte in solchen Fällen ganz einfach abzutauchen, weil er die Gabe hatte, sich »wegzutrauern«, wie er das dem alten Freund Guido in Weimar einmal gestanden hatte. Der Weg zu einer neuen Beziehung war dann für ihn wieder offen, und er besaß dennoch eine schmerzende Erinnerung an die alte. Das Thema »Masochismus im Manne« fesselte ihn, weil es für ihn unentwegt eine Aufforderung bedeutete, sich dagegen emotionell und intellektuell zur Wehr zu setzen. Die Vielzahl seiner ungeordneten Liebschaften rührte fraglos daher, daß er feste Bindungen meiden gelernt hatte, weil sie möglicherweise Leid bedeuteten. Katlen war dagegen ein lebendiges Stück Vergangenheit für ihn geworden, zu dem er eine ständig wechselnde Einstellung einnahm, je nachdem, ob sie fern oder nah, greifbar oder nur ein Schemen war. Ihre Wiederbegegnung hatte keiner gewollt, niemand geplant, am allerwenigsten Oliver. Es war wiederum Beweis für die Erfahrung, daß alles um uns herum sich verändern mag und wir doch dieselben bleiben.

Die Dinge hatten sich anders entwickelt, als Meyer gehofft und Beauvoir befürchtet hatte. Kati und Oliver waren wieder ein Paar, und Oliver würde freiwillig nicht davon lassen. Er fühlte unvermittelt eine Energie in sich aufsteigen, über die er lange nicht mehr verfügt hatte. Verdammt noch mal, Jagemann hatte ihn nicht umsonst für diesen Job ausgewählt. Er sollte bekommen, was er begehrte. Und das auf schnellstem Wege.

Als er in die Georg-Schwarz-Straße, Richtung Innenstadt, einbog, drehte er das Radio an. Er schreckte auf, als er die letzten beiden Sätze einer Meldung hörte: »... verübt worden. Der Staatssekretär im Innenministerium, Wolfgang Meisel, und sein Fahrer Dunkel sind mit offenbar schweren Verletzungen ins Krankenhaus gebracht worden. Das Attentat hat in Berlin größte Bestürzung ausgelöst.« An der nächsten Kreuzung hielt Beauvoir seinen Wagen kurz an, hinter ihm hupten andere Verkehrsteilnehmer. Oliver ließ den Motor noch einmal an und bog in eine Seitenstraße ein. Als er seinen Wagen eingeparkt hatte, zog er sein Mobiltelefon hervor und wählte eine Nummer in Weimar. Sofort war Guido Riemer am Apparat, der verläßliche Freund und wie Beauvoir ehemaliger Mitarbeiter der »Firma«.

»Wie geht's denn allemal, Alter?« frotzelte der Freund.

»Wo steckst du überhaupt?«

»Ich bin in Leipzig, bei Kati, du weißt. Hör mal, hast du mitbekommen, was da in Berlin passiert ist? Ich hab' in den Nachrichten nur noch die letzten Sätze aufgeschnappt ...«

»Ich habe nur mitbekommen, daß auf das Fahrzeug des BMI-Staatssekretärs ein Bombenattentat verübt wurde. Beide Insassen verletzt. Das passierte Ecke Leipziger und Jerusalemer Straße. Es gibt bislang null Vermutungen, wer das gemacht haben könnte. Tut mir leid. Der Staatssekretär war zu Besprechungen in Berlin, das ist ja nun alltäglich geworden, dort laufen ja bald mehr Bonner als Berliner herum. Weißt du, ich kriege hier in Weimar ja nicht viel mit.«

»Ja, wir müssen abwarten. Aber das ist schon ein Heuler. Ich muß in den nächsten Tagen in Berlin sein, kannst du raufkommen? Ich rufe dich morgen oder übermorgen noch mal an und gebe dir dann meine Adresse. Willst du mir helfen?«

»Wobei denn, Alter? Selbstverständlich, aber immer. Wenn es sich lohnt?«

»Tschüß, bis bald. Ich zähle auf dich.«

10

In der Mädlerpassage herrschte dichtes Gedränge. Oliver schob sich an einer Menschentraube vorbei, die sich vor einem TV-Shop gebildet hatte. Über die Bildschirme flimmerten Szenen aus dem Berliner Zentrum, Normannenstraße. Ein Reporter sprach gerade in die Kamera. Das Attentat. Beinahe wäre Beauvoir über eine leere Bierflasche gestolpert, die auf der obersten Stufe jener denkwürdigen Treppe, die zu »Auerbachs Keller« hinabführt, offenbar von Pennern zurückgelassen worden war. Er hastete hinunter, da er schon reichlich zu spät dran war. Man durfte Meyer, den korrekten und höflichen Karrieremann, nicht warten lassen. Im großen Saal ließ er seinen Blick über die Tische gleiten, hinten rechts saß der Messeboß, vor sich ein großes Helles.

»Ich bitte um Nachsicht, aber ich mußte eben noch telefonieren«, entschuldigte sich Oliver, als er an Meyers Tisch Platz nahm.

Meyer schien etwas befangen und murmelte nur undeutlich vor sich hin: »Aber bitte, macht doch gar nichts.«

»Sie haben schon gehört, daß es in Berlin geknallt hat? Die Nachrichten meldeten eben ein Bombenattentat auf den Staatssekretär im BMI ...« Sein Gegenüber nippte an seinem Bier, dann blickte Meyer nachdenklich, fast abwesend, an seinem Tischnachbarn vorbei in den

Schankraum, schließlich Beauvoir offen ins Gesicht.

»Ja, der Kellner hat's mir eben berichtet.«

»Der Kellner?« fragte Beauvoir verwundert. Er klickte mit dem Feuerzeug und zündete sich eine Zigarette an.

»Der spielt hier immer den Melder vom Dienst. Sobald etwas Außergewöhnliches passiert, gibt's ihm einer in der Küche weiter. Die haben dort 'n Radio. Wissen Sie schon Näheres?«

»Nein, ich hab' sogar nur die halbe Nachricht mitbekommen. Es hat wohl keinen Sinn, herumzuspekulieren, wer dahinterstecken könnte.«

»Ich möchte mich auch nicht blamieren, indem ich jetzt die Vermutung anstelle, es seien Rechtsradikale gewesen, und die Tagesschau zwei Stunden später meldet, daß Linksradikale sich zur Tat bekennen.« Oliver rief nach der Bedienung, dann, zu Meyer gewandt: »Darf ich Sie einladen? Bitte zwei Biere, von den großen.«

Meyer hatte unterdessen sein Jackett ausgezogen und es über den Stuhlrücken gehängt. Sie saßen nun einander gegenüber wie zwei Stammtischbrüder, die auf ihre Kumpel warten, Oliver im kurzärmeligen Hemd mit aufgenähten Taschen, Meyer im elegant gestreiften mit Krawatte. Die ablenkende Geräuschkulisse des Bierkellers ließ die beiden Männer vergessen, daß sie im Grunde einander nicht besonders mochten, sondern sich eher beargwöhnten, wo nicht gar belauerten. Beauvoir gab sich bemüht, die Atmosphäre zu lockern, hoffte er doch, daß Meyer tatsächlich auf sein Haus in Berlin zu sprechen kommen würde. In Wandlitz zu wohnen würde seinen Zwecken entgegenkommen. Im Ur-Berliner Milieu zu mieten hätte einige seiner sogenannten Freunde auf den Plan gerufen. Statt dessen war es besser, unter einem neutralen Namen mitten unter den alten Bonzen zu wohnen, irgendwo in Häusern, die sich hinter hohen Bäumen verstecken, durch die kein Blick neugieriger Passanten einzudringen vermag. Und wo man ohnehin nur die einst privilegierten SED-Funktionäre vermutete.

»Wir leben in verdammt unruhigen Zeiten«, konstatierte nach einer kurzen Gesprächspause Meyer, im sachlichen Ton eines diagnostizierenden Arztes.

»Sind sie wirklich unruhiger als die früheren?« gab Oliver zurück.

»Ich finde schon, wenn man die Kriminalstatistik liest. Im ersten Halbjahr 1991 zählten die Sicherheitsbehörden genau 657 Bombendrohungen.«

»Sie sind gut informiert«, kommentierte Beauvoir Meyers Bemerkung.

»Ach was, ich lese Zeitung. Ich denke, mein Job macht dies notwendig.«

Oliver spürte einen Blick seines Gegenübers, der ihn irritierte. Er schien ausdrücken zu wollen, er beneide ihn um fast alles: sein besseres Aussehen, seine lässig in die Stirn fallenden, kaum angegrauten Haarsträhnen, seine klugen graublauen

Augen, seinen jugendlich wirkenden, schlanken Oberkörper, sein beherrschtes Temperament – und natürlich um Kati, die nicht von ihm lassen würde, solange er in Leipzig blieb.

Beauvoir wollte gerade etwas erwidern, unterbrach sich aber, weil in diesem Augenblick der Kellner an ihren Tisch getreten war. »Möchten die Herren noch etwas?« Meyer und Beauvoir tauschten einen raschen Blick und winkten ab.

»Lassen Sie uns noch ein wenig an die Luft gehen«, sagte Meyer, »die zwei Bier reichen mir fürs erste. Einverstanden?« Oliver nickte und zahlte.

»Wir könnten Freunde sein«, sagte Meyer plötzlich, als sie draußen waren und in Richtung Rathaus-Platz gingen. »Wenn das nicht ...« Meyer brach den Satz ab und machte eine resignierende Handbewegung.

»Was meinen Sie mit ›wenn nicht‹?« fragte Beauvoir höflich.

»Bitte, lassen wir das«, antwortete Meyer knapp. Oliver entdeckte bei einem raschen Seitenblick auf seinen Nebenmann, wie für einen kurzen Moment Falten auf dessen Stirn traten.

So wie er Meyer kannte, war er ein viel zu großer Routinier und Zyniker, um sich von Gefühlen übermannen zu lassen. Jetzt überraschte er ihn doch. Der alte Roué wird doch nicht auf einmal sentimental werden? Beauvoir wollte es einfach nicht glauben. Und doch stimmte es wohl, daß viele im Beruf erfolgreiche Menschen den Zwiespalt ihres Sosein-Müssens und ihrer geheimsten Sehnsüchte hinter einer erzwungenen Contenance und habituellen Glätte verbergen. Die Beherrschung dieser psychologischen Technik schien Meyer für Sekunden entglitten zu sein. Wenn Beauvoir nicht gewußt hätte, daß ungeachtet seiner lupenreinen SED-Vergangenheit diesem Menschen Verläßlichkeit und Vertrauen anhafteten, wäre es ihm niemals eingefallen, sich näher mit Meyer zu befassen. Kati hatte viel von ihm erzählt, seiner fürsorglichen Art, mit ihr umzugehen, und – obwohl sie offensichtlich für geraume Zeit seine Geliebte war – von ihm mit distanzierendem Respekt und Bewunderung gesprochen. Sie lebten nun in einer neuen Zeit, doch der Schatten der Vergangenheit schien diesen in der Messestadt allseits geachteten Manager fast sichtbar zu verfolgen. Das lag einerseits daran, daß Meyer noch einer Generation angehörte, welche die letzte Phase der Ulbricht-Ära als Student und Berufsanwärter miterlebt und dann die beinahe zwei Jahrzehnte Honecker-Regime in verantwortlicher Position des SED-Herrschaftsapparates verbracht hatte.

Es war schwer vorstellbar, daß ein Mann seines Kalibers nicht gewußt haben sollte, was er tat, als er sich – mit Bedacht und Vorsicht – den »Kreisen« anschloß, deren Mitglieder heimlich gegen das Regime opponierten und dafür einer nach dem andern auf weniger spektakuläre Posten abgeschoben wurden. Reformeifer und Opportunismus schienen da von Beginn an miteinander verwoben und geschickt vermischt, so daß man sie kaum voneinander unterscheiden konnte. Nach der Wende gehörten sie schlicht zusammen wie siamesische Zwillinge. Die Clique der ehemaligen SED-Funktionäre, soweit sie nicht ins Ausland gegangen waren oder man ihnen den Prozeß gemacht hatte, war unfähig geworden, sich daraus gegenseitig einen Vorwurf zu machen. Auch jetzt noch, in einer Gesellschaft, die zunehmend von westlichen Einflüssen durchdrungen wurde, hielten sie zueinander wie ein verschworener Haufen. Der Prozeß der Verdrängung klappte immer noch vorzüglich.

Meyer hatte, nachdem sie lange in Schweigen nebeneinander hergeschlendert waren, für den Abend noch eine private Überraschung angekündigt. Sie bestand, wie Oliver bereits vermutet hatte, in dem freundschaftlichen Angebot, während seines bevorstehenden Aufenthaltes in Berlin Meyers Haus zu benützen. Es sei ihm auch deshalb eine Freude, weil Katlen davon profitiere, sagte Meyer scheinheilig, um sich von jeglichem Verdacht der Eifersucht freizumachen. Er werde ihnen morgen persönlich die Schlüssel überbringen und die genaue Lage des Anwesens beschreiben. Die Hotels seien sowieso alle überfüllt, weil mindestens zwei Kongresse in Berlin tagten; da sei doch »ein komfortables Privatquartier das einzig Angemessene«. Dabei lachte Meyer hörbar gequält, obwohl es klingen sollte, als spreche hier ein Mann von Welt.

Als Hans Hermann Meyer am späten Abend, vom »Falstaff« mit dem Taxi angefahren, das Apartment-Haus betrat – das ebensogut in Düsseldorf hätte stehen können –, in dem er gerade vier Wochen zuvor eine Luxuswohnung bezogen hatte, erwarteten ihn im Foyer bereits zwei Männer in Lederjacken. Sie waren vielleicht nicht einmal 30, wahrscheinlich jünger. Meyers Kopf war schwer vom Rotwein und etlichen Brandys, die er zum Essen zu sich genommen hatte. Deshalb erkannte er die beiden Männer nicht sofort, brummte ein unverständliches »gud'n Ab'nd« und wendete sich dem Aufzug zu. Erst im achten Stockwerk, wohin ihm die Fremden gefolgt waren, sah er, daß er gute Bekannte vor sich hatte. Er bat sie in sein Wohnzimmer. Nach einigen belanglosen Bemerkungen, die bei Meyer darauf hinausliefen, daß er die unerbetenen Besucher lieber draußen als in seinen vier Wänden sähe, kam es zu einer heftigen, 20 Minuten dauernden Auseinandersetzung. Meyer schien nicht mehr imstande, die Diskussion mit seinen sehr energisch vorgehenden, ihn bedrängenden nächtlichen Besuchern so zu führen, daß er am Ende die Oberhand behielt – was ihm unter günstigeren Umständen vielleicht sogar gelungen wäre. Schließlich wurde er sie nach etwa einer halben Stunde los und hatte danach keine gute Nacht.

Am Sonntagmorgen überbrachte ein junger Mann die Hausschlüssel zu Meyers Berliner Wohnsitz. Er war überaus korrekt gekleidet. Er erinnerte Oliver an den Typus eines ehrgeizigen Bankangestellten. Der Mann gab an, er gehöre neuerdings zum Leitungsbüro der Messegesellschaft. Meyer sei im letzten Augenblick daran gehindert worden, selber zu kommen, obwohl er sich gern von seinen Freunden verabschiedet hätte. Er sei völlig überraschend zu seiner kranken Mutter nach Grimma gerufen worden. Er bitte um Nachsicht und richte die besten Grüße aus. Nach diesen kurzen Erklärungen hatte es der Mann offenbar eilig, wegzukommen, und rief erst vom unteren Treppenabsatz ein flüchtiges »Auf Wiedersehen«. Katlen Oeser hatte den Menschen nie zuvor im Messebetrieb gesehen, obwohl sie mehr als einmal in der Woche in Meyers Chefbüro kam, meistens dann, wenn sie mit einem Auftrag nach Berlin geschickt werden sollte. Ein »Neuer« konnte ihr allerdings durchaus mal entgangen sein; der Betrieb zählte allein in der Führungsetage einige Dutzend Mitarbeiter. Oliver war im Zweifel, wie er die Sache sehen sollte, sagte sich dann aber, daß ein persönlicher Besuch am frühen Sonntagmorgen dem Messechef ohnehin nicht zugemutet werden könne. Da sich Meyer nun aber selbst angemeldet hatte, blieb die Angelegenheit zumindest merkwürdig. Ihn anzurufen, nachdem sie die Schlüssel bereits entgegengenommen hatten, hätte aufdringlich erscheinen können. Also packten sie ihre Taschen und machten sich gegen Mittag auf den Weg nach Berlin.

Die 15-Uhr-Nachrichten brachten nähere Aufschlüsse über den Hergang des Bombenanschlages auf den BMI-Staatssekretär. Der Fahrer war außer Lebensgefahr, der Zustand des Chefs immer noch bedrohlich. Eine Organisation, die sich als »Sozialistische Front Deutsche Einheit« bezeichnete, habe sich in gleichlautenden Schreiben an alle Nachrichtenagenturen zu dem Attentat bekannt.

11

Oliver prustete vor Behagen, als das kalte Wasser aus der Dusche auf Kopf, Schultern und Körper herabströmte. Er genoß es, dabei sein Gesicht mit den Händen zu massieren und die nassen Haare aus der Stirn in den Nacken zu streichen. Der ungewöhnlich heiße Junitag hatte seinem Kreislauf zugesetzt. Die Autofahrt von Leipzig nach Berlin hatte sich wegen zahlreicher Staus auf den Straßen länger als angenommen hingezogen.

»Kati, kannst du mir mal 'n Handtuch bringen?« rief Oliver durch die halbgeöffnete Badezimmertür in Richtung Clubraum, wo er seine Geliebte vermutete. Er rieb sich verzweifelt das Duschgel aus den verklebten Augen, eine seiner vielen ungeschickten Gesten, die ihn schon oft in Gesellschaft von Frauen als einen etwas zerstreuten, geistesabwesenden Typ hatten erscheinen lassen. Katlen hatte das Rufen offenbar nicht vernommen, sie rührte sich jedenfalls nicht. Oliver stieg aus der Duschtasse aus und blickte sich in dem komfortablen Bad des Meyerschen Hauses um. Über einer Chromstange hingen zwei blütenweiße Badetücher. Er griff eines und begann sich abzurubbeln. Als er damit halb fertig war, legte er das Tuch um seine Hüften und steckte es mit dem Zipfel des einen Endes fest. Im Wohnraum hockte Katlen, die Beine untergeschlagen, auf dem Sofa, in der Hand die neueste Ausgabe von »Cosmopolitan«. Sie las aber augenscheinlich nicht, sondern blickte nur stumm und teilnahmslos auf das aufgeschlagene Frauenmagazin. Oliver ließ sich in Kauerstellung vor ihr nieder und schaute ihr ins Gesicht. Kati weinte.

»Bist du unglücklich? Sag', was hast du denn?« drang Oliver so behutsam, wie es ihm möglich war, in sie. Katlen wischte ihre Tränen mit dem Handrücken hastig ab.

»Is' schon gut. Ich bin glücklich, das ist es ja«, antwortete Katlen, indem sie sich zu einem schwachen Lächeln zwang.

»Wir sind verheiratet, denk immer dran«, versuchte Oliver sie aufzumuntern.

»Sind wir das? Ich glaube, ich hab' alles dadurch kaputtgemacht, daß ich damals nicht einfach ›ja‹ gesagt habe.«

Oliver zog sie an sich und umarmte sie fest.

»Du bist nicht mehr allein, ich bin nicht mehr allein, so einfach ist das.« Seine Worte drangen wohltuend in ihr Ohr, erwärmten ihre Sinne und durchströmten sie mit einer Empfindung von Vertrauen und Gewißheit. Natürlich war dies alles nur ein Spiel, sie waren nach Recht und Gesetz nicht verheiratet. Ein Spiel, das Beauvoir aber eine fast berauschende Freude bereitete. Es mochte damit zusammenhängen, daß sie von den Bonzen des alten Regimes in Wandlitz umgeben waren, die er verabscheute, ja haßte, und die man deshalb einfach täuschen mußte. Ihn kümmerte es wenig, daß er dabei dem schlichten Irrtum anheimfiel, die Leute würden das alles überhaupt zur Kenntnis nehmen. Niemand würde ihn fragen, ob Katlen Oeser aus Leipzig wirklich seine rechtmäßig angetraute Frau war. Er aber gefiel sich in dem eingebildeten Vergnügen, verachtete Menschen auf geheime Weise hinters Licht zu führen, noch einmal einen Jungenstreich ausgeführt zu haben, für den er keinerlei Bestrafung zu befürchten brauchte. Verstellung und Tarnung gehörten nun einmal zu seinem Geschäft, doch nun begann ihm zu dämmern, daß er damit vielleicht Kati verletzen könnte. Er hatte sie unfehlbar verwundet, was ihn in diesem Augenblick, in dem er sich dessen vergewisserte, seltsamerweise nicht mit Bedauern, sondern eher einem Gefühl tiefster Intimität mit dem geliebten Menschen erfüllte. Einen kurzen Moment dachte er darüber nach, ob er sie nicht doch ins Vertrauen ziehen sollte, verwarf den Gedanken aber sogleich wieder. Es hätte verhängnisvolle, zumindest gefahrbringende Folgen haben können.

Kati löste sich sanft aus seiner Umarmung.

»Hast du keinen Hunger?« fragte sie unvermittelt in die entstandene Stille hinein. Oliver schnalzte mit den Lippen.

»Erst mal genehmigen wir uns einen Whisky. Soll ich 'ne Pizzeria anrufen, damit die uns zweimal Capricciosa bringen? Es ist eh nichts im Hause. Und rausgehen ...«

»Hab' ich auch keine Lust«, vollendete Kati den unausgesprochenen Satz.

»Womit wir uns mal wieder einig sind.« Oliver

sprang auf und trabte zum Telefon. Er suchte sich die Nummer eines »Pizza-Quick«-Restaurants heraus und bestelte zweimal Capricciosa, dazu zwei Flaschen Rotwein und zwei Portionen Tiramisu.

Nachdem er aufgelegt hatte, kramte er in einer seiner Reisetaschen nach der Whisky-Flasche. Es war ein Glenkinchie. Katlen holte unterdessen zwei Gläser aus der Küche.

»Das wird wieder ein Abend wie früher«, strahlte sie jetzt. Oliver zog sich Hemd und Hose über und schlüpfte in seine Gesundheitslatschen, die er stets mit sich führte. Während er die Gläser je zur Hälfte füllte, klammerte sich Kati von hinten an ihn. »Aber, aber«, brummte Oliver mit gespielter Empörung, als Kati an der Gürtelschnalle zu nesteln begann.

»Wir wollen doch hübsch anständig bleiben, Frau Meyer.«

»Ach ja, wir sind ja ein altes Ehepaar«, lachte Kati hell auf.

»Wie heißen wir übrigens mit Vornamen?«

»Da könnte ich mich an keine anderen als unsere gewöhnen. Also zum Wohl, Kati!« Oliver kippte seinen Whisky hinunter, Kati nahm nur einen kleinen Schluck.

Nach einer Viertelstunde klingelte es an der Haustür.

»Geh' doch mal bitte raus, das wird der Pizza-Eildienst sein. Ich telefoniere inzwischen mit Guido«, sagte Oliver. Das Gespräch war in weniger als einer Minute erledigt. Guido Riemer wollte ihn am nächsten Abend im Berliner »Sophienclub« treffen. Katlen mahnte zur Eile, die Pizzen würden sonst kalt.

In der Küche saßen sie einander am Tisch gegenüber, wie sie es all die Jahre bei seinen Besuchen in ihrer kleinen Wohnung in Leipzig getan hatten. Der Journalist, der ständig auf Reisen oder sonst beruflich unterwegs war, und die lebensneugierige Lektoratsassistentin in der Werbeabteilung der Messegesellschaft. Er ließ sie oft stundenlang allein reden, hörte ihr gebannt zu, der Rotwein brachte ihre Wangen zum Glühen, Tränen rannen ihr dann zuweilen übers Gesicht, sie schien das aber in ihrem Haß auf das »Regime der alten Männer« niemals zu bemerken, sondern sprach weiter darauflos, um schließlich kraftlos aufs Bett zu sinken und in seinen Armen einzuschlafen.

»Du träumst, mein Liebling.« Oliver blickte Kati voll ins Gesicht.

»Nein, ich denke an uns.«

»Laß uns nicht sentimental werden. Ich sage dir: Wir sind glücklich, man muß, verdammt noch mal, fest daran glauben.«

Sie waren bei ihrer zweiten Flasche. Oliver schenkte nach.

Er gab sich einen Ruck, stand vom Stuhl auf und lief, als suche er etwas, unschlüssig auf und ab.

»Komm', setz dich wieder, du machst mich ganz nervös«, sagte Katlen in gereiztem Ton. Es arbeitete in ihr, daß er über den Zweck seines Berlin-

Aufenthaltes irgendeinen Schund erzählt hatte, aber sicher nicht die Wahrheit. Oliver sah sie an und erriet offenbar ihre Gedanken. Er setzte sich wieder hin und zog seinen Stuhl dicht an den Tisch heran. Indem er seinen Oberkörper leicht vorbeugte, versuchte er, mit einer Armbewegung eine Verzeihung heischende Geste anzudeuten.

»Ich war nicht offen zu dir. Mit Unehrlichkeit hat das aber nichts zu tun. Das mußt du mir glauben. Wenn ich dich ins Vertrauen ziehe, mußt du mir absolute Verschwiegenheit versprechen. Natürlich kann ich dir nicht die näheren Umstände erläutern, das wäre für dich wie für mich zu gefährlich. Außerdem bin ich eigentlich verpflichtet zu schweigen ...«

Katlen schaute Oliver etwas ratlos an, schien aber nun mit größter Aufmerksamkeit zuzuhören.

»Vielleicht ist mein Auftrag schnell erledigt, vielleicht dauert's länger. Er hat nichts mit Journalismus zu tun, so viel sollst du wissen. Ein bißchen mehr sogar, damit du dich nicht wunderst, wenn ich mal später als gewohnt nach Hause komme und dich auch mal für ein paar Stunden untertags allein lassen muß ...«

»Machst du Industriespionage oder so was?« fragte Katlen mit entwaffnender Unbefangenheit in seine Rede hinein.

»Stell' mal bitte das Radio ein bißchen lauter, dann sage ich dir etwas mehr.« Katlen erhob sich und drehte den Knopf am Küchenradio ein wenig mehr nach rechts, bis dahin hatten sie eine kaum wahrnehmbare Geräuschkulisse im Sender.

Oliver klärte sie über das Nötigste auf; es war wohl doch besser, ihr wenigstens in Umrissen darzustellen, was er in Berlin zu tun hatte. Es war ihm letztlich auch egal, was die Zentrale dazu sagen würde, denn im eigentlichen Dienst war er ja nicht mehr, und Kati verdiente Vertrauen und konnte ihm vielleicht sogar nützlich sein. Jedenfalls war es an der Zeit, mit der Heimlichtuerei Schluß zu machen. Er hatte das Gefühl, das alles auch für sie zu tun, ein Kind der ehemaligen DDR, *seines* einstigen Operationsgebiets. Wenn der Alkohol ihn übermannte, pflegte Oliver in Dimensionen zu denken, die die Grenzen der Realität leicht überschritten, ohne daß ihn seine Verstandesgaben dabei verlassen hätten. Seine Worte blieben logisch und plausibel, nur daß sie sich auf einer höheren Ebene bewegten und Spuren von Pathos und Verklärung annahmen.

Von der Arbeit eines Agenten hatte Oliver keineswegs eine so hohe Meinung, wie Katlen wegen seiner Geheimniskrämerei annehmen mochte. Der BND-Chef hatte ihn schlicht überredet, dank seiner Eloquenz und der Tatsache, daß er die Sache mit der Note »Dringlichkeitsstufe eins« versehen hatte. Wer einmal als Agent tätig war, bleibt dem Unternehmen ausgeliefert wie ein Drogenabhängiger den Obsessionen seines Rausches. Wenn er sich davon würde befreien können, dann vielleicht mit Hilfe dieser Frau. Er sagte ihr deshalb gerade so viel, wie erforderlich war, um sich in ihren Augen als ein Menschen zu rechtfertigen, der ehrlich mit ihr umging.

Ehrlichkeit und blanke Rückhaltlosigkeit sollten künftig die Grundlage ihrer Beziehung bilden. Oliver hatte ihr in den zurückliegenden Jahren eine so gewaltige Menge vorlügen müssen, sie mit Ausflüchten und falschen Entschuldigungen gepeinigt, daß ihm beinahe übel wurde, wenn er daran nur denken mußte. Mit anderen Frauen zu schlafen bedeutete ihm geringeren Verrat als sich unentwegt in der Kunst der Verstellung üben zu müssen, zumal gegenüber einem geliebten Menschen. Gut, sie mußte annehmen, er sei in journalistischen Recherchen unterwegs, machte irgendwelche Interviews, wenn er die Leipziger Messe oder sonst einen Kongreß und dergleichen besuchte. Sie fand das alles in Ordnung und las ihm manchmal ihre Werbetexte vor, die er beurteilen und, wenn nötig, korrigieren sollte. Sie ahnte nicht im mindesten, daß er pro forma den Posten eines politischen Referenten bei der ständigen Vertretung in der sogenannten »Hauptstadt der DDR« bekleidet hatte, der ihn gegen seine planvolle und von München-Pullach gesteuerte subversive Tätigkeit abschirmte. Seine Stellung war immer riskant gewesen, denn in einem polizeilich so perfekt kontrollierten und von der Stasi durchsetzten Staat konnte man sich nicht gerade wie ein Fisch im Wasser bewegen.

Vor allem konnte sie nicht ahnen, daß seine Arbeit erstmals von einem Funken der Begeisterung entzündet wurde, nachdem er sie in Böhmen kennengelernt hatte, daß er einen Sinn darin zu entdecken glaubte, sie ihn zuweilen gar regelrecht enthusiasmierte ...

Seine Arbeit galt heimlich immer auch ihr, nach der er sich sehnte, wenn er zur Berichterstattung nach München reisen mußte, statt zu ihr nach Leipzig fahren zu können. Er litt unter einer Trennungsphobie, ohne ihr jemals die Wahrheit sagen zu können. Ein Agent darf sich nicht verlieben, machen Sie nicht diesen Blödsinn, Beauvoir! Schon gar nicht in eine »Tochter des Landes«, in dem man spioniert, denn aufklärungstechnisch war die DDR natürlich Ausland, wenn das in München auch keiner zugeben wollte. Hätte sie für seine Tätigkeit im engeren Sinne einen Zweck gehabt, dann hätte man ihm natürlich geraten, möglichst schnell mit ihr ins Bett zu gehen. Katlen Oeser zählte aber wie Hunderttausende zu den verfolgten, verachteten und bürokratisch drangsalierten Menschen im Staat. Sie war keine Täterin, sondern ein Opfer. Wenn man sich mit einem solchen, für die allgegenwärtigen Augen der Staatssicherheit erkennbar, solidarisierte, konnte man in Gefahr geraten, in Teufels Küche kommen. Unauffälligkeit, geschickte Tarnung, vertrauenerweckender Schein waren gefragt, nicht törichter Bekennermut eines verliebten Narren. Kati, Kati – wenn du deinem Oliver verzeihen kannst, dann tu's heute, jetzt, sogleich!

12

Am nächsten Morgen verließ Katlen Oeser das Meyersche Haus in Wandlitz, wie sie Oliver sagte – der ziemlich verkatert an seinem Frühstück kaute –, um eine Freundin in Tegel zu besuchen. Das war ein verdammt weiter Weg dorthin, und Oliver bot sich deshalb an, sie am späten Nachmittag mit dem Wagen abzuholen. Kati winkte ab, und sagte nur, sie komme schon zurecht und werde gegen Abend zurück sein.

Nachdem sie gegangen war, rief Beauvoir die Berliner Außenstelle des Bundeskriminalamtes an und bat um einen Besuch. Nach einer Stunde kam ein junger Mann, der einen handlichen Koffer mit sich führte, was Oliver sofort zeigte, daß man ihn verstanden hatte. Beauvoir reichte ihm einen Zettel, auf dem er aufgeschrieben hatte, man möge das Haus nach versteckten Wanzen untersuchen. Nach weiteren zwei Stunden beendete der BKA-Experte seine Arbeit, er hatte nichts gefunden, was Beauvoirs Argwohn hätte rechtfertigen können. Danach wählte er die Nummer einer Pension am Prenzlauer Berg und fragte nach Guido Riemer. Guido war soeben eingetroffen und sofort damit einverstanden, daß man sich bereits am Nachmittag zu einem Spaziergang im Tiergarten treffen wolle. Es sei besser, sich vor dem Besuch im »Sophienclub«, den sie für den

Abend geplant hatten, noch einmal zu verständigen.

Guido Riemer, zehn Jahre jünger als Beauvoir, war im Westteil Berlins aufgewachsen, Ingenieur von Beruf, ein ansteckend lustiger Typ, dabei von bestechender Intelligenz und vorzüglicher Beobachtungsgabe. Mit Riemer hatte Beauvoir niemals Schwierigkeiten. Er galt als verschwiegen und geübt in der Kunst, Menschen ins Vertrauen zu ziehen, ohne sie merken zu lassen, worauf es ihm eigentlich ankam.

Beauvoir sah Guido bereits an der verabredeten Stelle auf ihn warten, als er noch verzweifelt einen Parkplatz suchte. Dann standen sie sich, nach einer Pause von einigen Monaten, wieder gegenüber. Guido lachte den Freund, der etwas bedrückt schien, aufmunternd an.

»Mensch, Alter, daß ich dich noch mal wiedersehe! Du wolltest doch nach Paris gehen, oder?«

»Grüß dich, Guido. Siehst gut aus. Freut mich, dich wiederzusehen. Und – danke, daß du so schnell hergekommen bist.«

»Ist doch klar. Mal 'ne Abwechslung für mich. Siehst aber nicht gerade fröhlich aus. Gibt's Probleme mit deiner Süßen aus Leipzig? Na, spuck's aus, Alter.« Guido boxte den Freund leicht auf den Oberarm.

»Ach was. Bin ganz in Ordnung. Aber die Sache stinkt mir.« Sie gingen langsam nebeneinander her. Oliver kramte eine Zigarette hervor. »Magst du auch eine?« fragte er den Freund.

»Ich qualme nicht mehr. Meine ›Neue‹ hat's mir abgewöhnt. Hat 'n Stich ins Grüne, verstehst du, aber sonst ganz nett, verdammt nett sogar.«

»Die Stadt wimmelt von BKA-Leuten, hoffentlich haben wir heute abend überhaupt Glück im Club«, kam Oliver unvermittelt auf ihr Thema zu sprechen. »An solchen Tagen pflegt doch alles wegzutauchen. Der Anschlag auf Meisel war doch ein Alarmsignal.«

Guido Riemer machte eine beschwichtigende Handbewegung. »Ich habe noch von Weimar aus begonnen, meine alten Kontakte aufzufrischen. Hab' mich umgehört, kann durchaus klappen heute abend. Muß nachher noch ein paar Strippen ziehen. Dann weiß ich mehr.«

»Du bist gut drauf, mein Lieber«, sagte Oliver anerkennend.

»Es geht um ›Jean‹, wie du dir denken kannst ...«

»Ja, ich weiß.«

»Ich kenne ihn nicht.«

»Aber ich.«

»Die Zentrale hat jeden Kontakt mit ihm verloren. Er ist angeblich untergetaucht. Keine Spur von ihm.«

Beauvoir warf den abgebrannten Zigarettenstummel weg. Sie waren nicht mehr weit vom Potsdamer Platz entfernt. Berlin hatte sich sehr verändert, ein halbes Jahr nach der Vereinigung entfaltete sich auf dem ehemals toten Gelände eine Bautätigkeit, als gelte es, für eine Weltausstellung zu rüsten. Auf einem Areal von 60000 Quadratmetern errichtete ein führender Automobilkonzern ein Dienstleistungszentrum ungewöhnlichen Ausmaßes. Berlin war wieder Zentrum, obwohl die Regierung weiter in Bonn saß, im schönen, behaglichen Bonn, in dem Beauvoir sich gerade so wohl zu fühlen begonnen hatte. Von Paris einmal abgesehen, das ihn mächtig anzog. Dieses Berlin war eine total veränderte Stadt geworden, seit die Mauer gefallen war, von der jetzt nur noch hier und da Reste herumstanden, die an eine bedrückende Vergangenheit erinnerten.

Bei einem Straßencafé hielten die beiden Spaziergänger an.

»Was gegen einen starken Braunen einzuwenden?« fragte Oliver.

»Nee, aber ich trinke lieber eine Weiße mit Schuß. Okay, bleiben wir 'ne Weile. Hab' ja noch Zeit«, meinte Guido gut gelaunt.

Ihre Unterhaltung drehte sich im folgenden ums Wetter, ihre Freundinnen, die Bestseller der Saison, die Filmfestspiele.

Nach etwa 20 Minuten machten sie sich auf den Rückweg zu Beauvoirs Wagen. Als sie angekommen waren, blickten sich die Freunde einen kurzen Moment schweigend an, dann verabschiedeten sie sich. Während Beauvoir den Wagenschlüssel in den Schlitz drückte, wandte er sich noch einmal Riemer zu und sagte halblaut: »Warum machen wir das alles überhaupt?«

Guido drehte sich um und blickte dem Freund ratsuchend ins Gesicht, wobei er ein ironisches Lächeln nicht unterdrücken konnte. »Wenn ich das wüßte, wäre ich Bundeskanzler, oder doch zumindest BND-Präsident.«

Die Abendzeitungen enthielten außer langatmigen Beschreibungen der eingeleiteten Ermittlungen gegen die mutmaßlichen Täter und der verschärften Sicherheitsbestimmungen im Personen- und Objektschutz nichts, was in Richtung Aufklärung des Verbrechens deutete. Die Täter, die den Dienstwagen von Staatssekretär Meisel mit einer ferngezündeten Bombe zerfetzt hatten, vermutete man in jenem Personenkreis von RAF-Leuten der dritten Generation, die nach der spektakulären Aufklärungsaktion im Sommer 1990 als unauffindbar eingestuft worden waren. Ein Dutzend RAF-Terroristen war gefaßt und ihren Richtern übergeben worden, doch fehlte immer noch die Spur zu einem Rest der in den Untergrund gegangenen Terrorszene, die offensichtlich immer noch – oder schon wieder – eine akute Gefahr darstellte.

Beauvoir legte die Blätter, nachdem er sie gründlich gelesen hatte, mißmutig beiseite. Katlen war noch nicht zurückgekehrt, obwohl es auf 22.00 Uhr zuging. Er mußte bald weg, denn um 23.00 Uhr wollte er mit Guido im »Sophienclub« sein. Hastig schrieb er einen Zettel für Kati und legte ihn gut sichtbar auf den Couchtisch. Sie solle nicht auf ihn warten, sondern schlafen gehen. Es würde bei ihm möglicherweise spät werden, jedenfalls eine Weile nach Mitternacht. Beauvoir zog sich einen Blouson über und verließ das Haus. Sie hatten verabredet, daß Oliver die Schlüssel unter die Fußmatte legen würde, falls er vor Katis Rückkehr das Haus verlassen sollte. Das war nicht ganz unriskant, doch zum Glück hatte das Meyersche Anwesen einen opulenten Vorgarten, so daß Passanten den Hauptzugang nicht sehen konnten. Für alle Fälle ließ Oliver das Licht im Hause brennen, um es bewohnt ausschauen zu lassen.

Der »Sophienclub« ist eine jener etwa 200 Einrichtungen in den östlichen Teilen der Metropole, die eine Mischung aus Nachtcafé und Discothek darstellen. Die »Sophie«, wie der Club unter Kennern umgangssprachlich abgekürzt heißt, bietet mehr als vergleichbare Kneipen, die meist bis in die Morgenstunden hinein geöffnet haben. Vor der Wende war die »Sophie« nichts weiter als eine der zahlreichen Pinten der sogenannten DDR-Hauptstadt, in denen sich ein meist jüngeres Publikum vollaufen lassen und sich vor einer ohrenbetäubenden Geräuschkulisse aus Popmusik und Stimmengewirr ungeniert anquatschen konnte. Der Suff war im Arbeiter- und Bauernparadies zum öffentlichen Ärgernis geworden; die psychischen Ängste und Nöte vieler Menschen wurden zu einem Problem. Jetzt, nach der Wende, war aus der »Sophie« etwas Feineres geworden. Junge Leute, aber auch solche jenseits der 40, die etwas Geld in der Tasche hatten, waren im »Sophienclub« in der Mehrzahl. Beauvoir hätte, wäre er in den zurückliegenden Monaten noch in Berlin gewesen, einen

Trend zur linken Schickeria unter den Gästen ausgemacht.

Riemer hatte darüber hinaus in Erfahrung gebracht, daß der Club unterdessen zu einer Anlaufstation ehemaliger Stasi-Offiziere geworden war, und zwar von Leuten, die eine nicht unbedeutende Rolle in Mielkes gigantischem Schnüffelapparat spielten. Es war ihnen gelungen, sich dem Druck öffentlicher Rechenschaft zu entziehen. Manche der jungen Leute, die im Westteil der Stadt aufgewachsen waren, aber jetzt auch den berüchtigten »Sophienclub« besuchten, sparten nicht mit hämischen Bemerkungen und verächtlichem Spott, wenn solche Typen am Tresen auftauchten. Auf seiten der »geborenen« Ostberliner war's noch schlimmer. Oft kam es zu Rempeleien, zuweilen auch dazu, daß eine Gruppe aufgebrachter junger Männer sich einen erkannten Ex-Stasi packte und an die Luft setzte. Die Yuppies, die den Laden wegen seiner besseren Ausstattung und des Angebots an feineren Getränkesorten natürlich auch in größeren Scharen anliefen, blieben bei solchen Vorfällen ideologisch indifferent und amüsierten sich allenfalls über die manchmal lautstarken politischen Auseinandersetzungen.

»Er wird heute abend hier sein«, sagte Guido zu seinem Nebenmann am Tresen. Oliver drehte den Kopf zur Seite, beugte sich danach wieder leicht über seinen Whisky, hob das Glas und nippte kurz daran.

»Bist du sicher?«

»Meine Leute meinen: ja.«

»Verdammt voll hier«, brummte Oliver.

»Unser Mann wird nicht hier im Schankraum, sondern im Nebenzimmer sein«, flüsterte Guido seinem Freund zu. »Wir werden noch ein bißchen warten. Das ist unauffälliger, als wenn wir gleich nach nebenan gehen.«

»Warum denn?«

»Weil da 'ne Spezialshow läuft. Go-go-Girls oder so was ...«

»Na und?«

»Wir müssen ja nicht gleich mit der Tür ins Haus fallen. Ist hier so üblich, daß man erst mal 'n Schluck an der Bar nimmt, bevor man sich später ›Volkstänze‹ anschaut.«

»Aha, so ist das. Also trinken wir noch einen. – Woher weißt du, daß unser Mann wirklich heute abend kommt?«

»Weil er hier mit jemand verabredet ist. Er wird an Tisch drei sitzen, drüben durch den Gang, ganz hinten.« Guido wies mit dem rechten Daumen dorthin. Oliver nickte.

»Er hat ab 24.00 Uhr reserviert. Wir haben also noch Zeit.«

Die Stunde schleppte sich dahin, die vielen lärmenden jungen Männer mit ihren Mädchen schienen Beauvoir mehr und mehr auf die Nerven zu fallen. Seine Gereiztheit stieg wieder in ihm auf, gesellige Kumpanei war nicht nach seinem Geschmack. Er dachte an Katlen und daran, was sie jetzt machen würde. Die Augen wurden ihm schwer, er bestellte sich ein Eiswasser.

»Guido, hör' mal, du mußt heute für zwei aufpassen, ich glaube, bei mir schleicht sich 'ne Sommergrippe ein.«

»Keine Panik, Alter«, scherzte Guido, »geht in Ordnung. Laß uns rübermachen. Es ist zehn nach zwölf.«

Am Ende eines im Halbdunkel liegenden Flürchens, auf das Guido hingewiesen hatte, befand sich eine Tür, durch die die beiden Freunde einen ovalen Raum betraten. Eine Mischung aus Pop- und Jazz-Musik dröhnte aus den Lautsprechern. Dazu bewegten sich einige Girls, nur mit einem Tangaslip bekleidet, auf einem sich diagonal durch den Raum erstreckenden Laufsteg, wie man ihn von Modeschauen kennt.

Tisch Nummer elf war frei. Bevor sie Platz nahmen, suchten Oliver und Guido Tisch Nummer drei auszumachen. Er stand schräg gegenüber elf, auf der anderen Seite des Laufstegs. Der Tisch war noch unbesetzt. Rauchschwaden hingen über der Präsentationsrampe der Girls, die sich nach hämmernden Rhythmen auf hochhackigen Pumps bewegten oder sich in aufreizenden Posen den Gästen am Tisch zeigten. Vier oder fünf von ihnen hatten, wie Guido mit Kennerblick registrierte, ausgesprochen knackige Titten und ebensolche Hintern. Soweit man dies in der von Rotlicht und Spotlights diffus beleuchteten Räumlichkeit sehen konnte, waren die Mädchen alle noch sehr jung, allenfalls Anfang 20.

»Komm', wir setzen uns. Er scheint noch nicht da

zu sein«, tuschelte Guido seinem Freund zu. Sie nahmen an ihrem Tisch Platz und winkten der Bedienung.

»Zwei Bier«, sagte Guido, indem er Zeige- und Mittelfinger reckte, ohne den Kellner anzuschauen. Sein Blick haftete auf einer der Schönen, die sich ihrem Tisch genähert hatte und ihnen jetzt ihren vollendeten Arsch entgegenstreckte.

»Wir servieren hier nur Sekt, meine Herren. Tut mir leid.« Der Mann machte die Andeutung einer entschuldigenden Handbewegung.

»Dann bringen Sie uns eben eine Flasche.« Auch Beauvoir zeigte sich nicht abgeneigt, der Erotikshow Aufmerksamkeit zu schenken. Gleichwohl nestelte an ihm eine gewisse Unruhe, die teils auf die ungeklärte Situation, in der sie sich befanden, zum Teil wohl auch auf seinen angeschlagenen Gesundheitszustand zurückzuführen sein mochte. Die Darbietungen der Girls waren auf voyeuristische Geilheit der männlichen Zuschauer angelegt, ohne wirklich pornographisch zu sein. Die Sicht, welche die Gäste vom Tisch aus hatten, an den Beinen der Mädchen hinauf zu den Schenkeln und dem winzigen Stoffdreieck dazwischen, konnte einen weniger abgebrühten Betrachter, als es Beauvoir war, durchaus in Stimmung bringen. »Jean« galt, wie Jagemann ihm eröffnet hatte, unter anderem als Genießer der schönen Dinge des Lebens. Diese Show mochte in seinen Alltag passen, der Sekt allerdings kaum, denn der schmeckte verdächtig nach Bonbonwasser mit einem Spritzer Alkohol.

Hübsch waren die Girls ja, aber ein Neppladen blieb's trotzdem. Die Musik wurde für ein paar Sekunden unterbrochen – offenbar war Mädchenwechsel auf dem Laufsteg angesagt –, als zwei Männer um die 40, in modischen Jacketts mit aufgekrempelten Ärmeln den Raum betraten und sich zielstrebig auf Tisch drei zubewegten. Als sie Platz genommen hatten, stieß Oliver seinen Nebenmann leicht mit dem linken Fuß an.

»Schau mal, da sind sie. Kannst du ›Jean‹ erkennen?« sagte Oliver leise zu Guido gewandt. Riemer fixierte die beiden Neuen durch die Beine der Mädchen hindurch, so gut er konnte, gab aber keine Antwort. Einer der beiden war weniger als mittelgroß, schlank, fast schmächtig, der andere kräftiger und größer, beide hatten dunkles Haar. Guido sagte immer noch nichts, schien aber, als Oliver ihm forschend ins Gesicht blickte, einen Ausdruck von Enttäuschung angenommen zu haben. Plötzlich stand Riemer auf und bewegte sich, als suche er die Toilette, in Richtung Tisch drei, der auf der Gegenseite des Laufstegs stand. Dort schien er wiederum etwas zu suchen, griff in seine Taschen, bückte sich und richtete sich sogleich wieder auf. An Olivers Tisch zurückgekehrt, legte er rasch einen Hunderter hin und forderte seinen Freund mit verhaltener Stimme auf, ihm zu folgen. Als sie draußen waren, sagte Guido Riemer, seiner Verwunderung freien Lauf lassend: »›Jean‹ war nicht dabei. Ich weiß nicht, wer die Männer sind, aber keiner von beiden ist unser Mann.

Der eine ist ein Nachtclubbesitzer, Heinrich Schlomm; den anderen kenne ich nicht.«

»Du bist sicher, daß du ihn wiedererkannt hättest, wenn es sich bei einem von beiden um ›Jean‹ gehandelt hätte?«

»Ich bin ihm einmal in einer größeren Gesellschaft begegnet. Er lief damals noch unter einem anderen Namen. Später hörte ich, daß er für unsere ›Firma‹ tätig ist. Außerdem habe ich Fotos von ihm gesehen, aber niemals auf seinem Gesicht eine Narbe entdecken können.«

»Eine Narbe? Ich hab' keine gesehen. Allerdings bei der Entfernung und in dieser Puffatmosphäre ...«

»Deshalb bin ich ja vorgegangen und hab' das Spielchen an einem der Nachbartische gemacht. Da hab' ich für einen Moment seine linke Gesichtshälfte gesehen. Eine mindestens drei bis vier Zentimeter lange Narbe zieht sich von seinem Augenwinkel schräg abwärts zum Wangenknochen. Ich kann nicht mal sagen, daß sie ihn entstellt, sie macht ihn – verwegen! Er sieht auch nicht wie ein Mitteleuropäer aus, obwohl man das verdammt schlecht bestimmen kann. Jedenfalls: Die Verabredung, Zeit und Umstände, alles stimmte, aber ›Jean‹ ist nicht der, zu dem man dich geschickt hat, Alter!«

Beauvoir schniefte kräftig durch die Nasenflügel. Das war 'ne schöne Pleite. Kein Stück weitergekommen war er. Gut, er hatte Meyer wiedergesehen, und mit Katlen Oeser eine Beziehung wiederaufgenommen, die niemals ganz zerbrochen war. Doch in Berlin war er erfolglos geblieben, bisher jedenfalls. Wie sollte er jetzt erfahren, wer dieser geheimnisvolle Mensch eigentlich war, wo er steckte, was er trieb und ob er von den Russen umgedreht worden war? Oliver Beauvoir, einen kraftlosen Eindruck machend, faßte Guido Riemer um die Schulter.

»Laß uns morgen darüber reden, ich bin müde, tut mir leid. Werde Jagemann anrufen, vielleicht kann der mir inzwischen was Neues sagen, oder besser: die Order erteilen, die Sache fallenzulassen. Wer weiß, vielleicht hat sich der Kram erledigt, und der Weltfriede liegt abholbereit im Schließfach Bonner Hauptbahnhof ...?«

»Bis morgen, Oliver. Und mach' dir nicht soviel daraus. Ich bleib dran, mir wird schon noch was einfallen.«

Bis drei Uhr versuchte Oliver verzweifelt, die Augen geöffnet zu halten. Er trank ein Glas Wasser und spuckte den Rest wütend ins Spülbecken. Kein Tropfen zu trinken im Hause, jedenfalls nichts Richtiges. Obwohl hundemüde, hätte er nicht einschlafen können. Die Augenlider klappten immer wieder zu, aber seine innere Unruhe ließ sein Herz pochen. Kati war immer noch nicht zurück. War das ein Grund zur Aufregung? Sie war früher oft erst gegen Morgen nach Hause gekommen, wenn er einen Streit mit ihr gehabt hatte. Sie war dann für gewöhnlich bei Freunden oder machte aus Trotz und verletztem Stolz eine Sause durch ein paar Innenstadtkneipen. Warum auch nicht? Aber sie hatten jetzt keinen Streit, im Gegenteil. Er kämpfte mit männlichem Elan gegen die Vorstellung an, ihr könne etwas passiert sein. Ein Unfall. Ihr ist bei der Freundin schlecht geworden, und die hat sie gebeten, die Nacht bei ihr zu verbringen. Das wird es sein. Anruf zwecklos, er war seit zehn Uhr abends nicht mehr im Hause gewesen.

Er schaltete den Fernseher ein. Schnee auf allen Kanälen. Er legte sich auf das Sofa, die Kleider behielt er an. Oliver kramte in der Reisetasche, die dicht beim Sofa stand, gegen seine Schlaftrunkenheit tapfer ankämpfend, fast mechanisch nach der Walther PP und legte sie, die Augen bereits geschlossen, auf den Couchtisch. Es schepperte leise auf der Glasplatte. Man konnte nie wissen ... Morgen sehen wir weiter. Jagemann wird mich einen Versager nennen, und es sofort wieder zurücknehmen! Oder ich werde ihm »kündigen«. Mit diesem befreienden Gedanken schlief er ein.

13

Katlen war auch am anderen Morgen noch nicht wieder in Meyers Haus erschienen. Oliver wachte erst gegen zehn Uhr auf, schweißtriefend wankte er ins Badezimmer, um sich abzutrocknen. Die Polizei einzuschalten schien ihm zu riskant. Außerdem bestand vorerst kein vernünftiger Anlaß, *nicht* an Katis Rückkehr zu glauben. Er telefonierte nach Guido Riemer, doch der meldete sich nicht. »Wird unterwegs sein, um einen neuen Weg zu ›Jean‹ zu finden. Ich kann mich auf Riemer verlassen ...« dachte Beauvoir.

Das Telefon läutete. Als Oliver gerade sein »Hallo« in die Sprechmuschel brummen wollte, hörte er eine fremde Stimme sagen: »Schauen Sie im Briefkasten nach, sofort.« Oliver konnte nichts mehr als ein nochmaliges »Hallo« hervorbringen, da legte der Anrufer auf. Er ging zur Haustür und öffnete den auf der Innenseite angebrachten Kasten, dem er einen grauen Umschlag entnahm. Er war unverschlossen, ein Zettel DIN A5 steckte darin. Beauvoir las:

> Wir haben Ihre Freundin Katlen Oeser. Es geht ihr gut, machen Sie sich keine Sorgen. Sie werden sie wiedersehen, sobald Sie das Land verlassen haben. Gehen Sie, wohin Sie wollen, aber lassen Sie die Finger von »Jean«. Sie sehen, wir wissen, worauf Sie hinauswollen.

Sie haben Zeit. Wir melden uns morgen wieder.

Oliver legte das Blatt aus der Hand. Er war merkwürdig ruhig. Er überlegte: Wer waren diese Leute, wer konnten sie überhaupt sein? Männer vom Schlage dessen, den er in Frankreich zu Tode gebracht hatte? Ex-Stasi, Terroristen? Gewöhnliche Verbrecher? Sie wollten kein Geld, wenigstens bis auf weiteres nicht. Sie wußten offenbar auch, daß er nicht genügend hatte, um für ein Kidnapping attraktiv zu sein. Sie verlangten, daß er außer Landes gehen solle. Sie nannten »Jean«, wer konnte von ihm wissen? Erlaubte sich da einer einen üblen Scherz?

Er versuchte noch einmal, Guido an den Apparat zu bekommen. Fehlanzeige. Oliver wählte Meyers Dienstnummer in Leipzig. Gott sei Dank, Meyer war da.

»Hören Sie, Meyer, Kati ist verschwunden. Ich hatte, um ehrlich zu sein, den Verdacht, sie sei bei Ihnen.«

Meyer schluckte vernehmlich. »Aber, wie kommen ...«

»Na ist schon gut, war nur so 'ne Vermutung. Jetzt finde ich einen Zettel im Briefkasten. Ich hoffe immer noch, es handelt sich um einen Scherz, aber möglicherweise hat man sie tatsächlich entführt.«

»Das ist doch ...« Oliver hörte, wie Meyer, offenbar ehrlich erschrocken, nach Worten rang.

»Sie wollten sagen: unmöglich, nicht wahr?

Und doch glaube ich jetzt, daß es stimmt. Ich habe es verlernt, an dumme Zufälle zu glauben.« Beauvoir wunderte sich über seine eigene Gelassenheit. Ein Stück Professionalität schien in sein Bewußtsein zurückzukehren.

»Ich verstehe, oder vielmehr überhaupt nicht. Wenn Sie wollen, mache ich mich hier sofort frei und komme nach Berlin, einverstanden?« Meyers Stimme klang beinahe weich, um Nachsicht bittend. Warum eigentlich, fragte sich Oliver.

»Okay, ich erwarte Sie am Nachmittag in Ihrem Hause. Ich danke Ihnen. Also, bis später.« Oliver Beauvoir legte den Hörer auf die Gabel. Er wußte, wen er jetzt anrufen mußte: Jagemann. Dieser verdammte Jagemann!

Die BKA-Außenstelle Berlin verfügte über abhörsichere Verbindungen über Wiesbaden in die BND-Zentrale. Oliver wählte eine Nummer, die er – wie etwa zwei Dutzend weiterer Telefonanschlüsse – in seinem Gedächtnis gespeichert hatte. Jagemann war am Apparat, es schien fast, als habe er Beauvoirs Anruf erwartet.

»Gut, daß Sie sich melden, Beauvoir. Geht's gut, mein Lieber?« Jagemanns Stimme klang angestrengt, dienstlich, auf gespenstische Weise »aufgeräumt«.

»Im Gegenteil: schlecht. Man hat Katlen Oeser entführt. Fand heute nach einem Anruf einen Zettel, auf dem Unbekannte mir mitteilen, daß sie die Frau in ihrer Gewalt haben.«

»Das tut mir leid«, antwortete der BND-Präsident mit gespielter Anteilnahme, aus der herauszuhören war, daß ihn die Sache eigentlich nichts angehe.

»Jagemann, Sie haben mir etwas verschwiegen, was ich hätte wissen müssen, unbedingt hätte wissen müssen.« Oliver hatte die Stimme erhoben, er schluckte und atmete schwer.

»Wir haben befürchtet, daß es dazu kommen könnte«, ließ sich Jagemann vorsichtig ein. »Aber, um Himmels willen, warum haben Sie das Mädchen nach Berlin mitgenommen?« Beauvoir gab darauf keine Antwort, sondern kam, wie er meinte, jetzt direkt auf das eigentliche Thema zu sprechen.

»Warum, ich frage das in allem Ernst, haben Sie mir nicht gesagt, daß dieser verfluchte ›Jean‹, den ich aufspüren sollte, gar nicht ›Jean‹ ist? Wußten Sie, daß der Mann durch einen anderen ersetzt worden ist oder vielleicht überhaupt nicht existiert?«

Aufgebracht schnappte Oliver nach Luft. Er mußte Jagemann gegenüber schärfer auftreten, sonst würde der ihn am ausgestreckten Arm verhungern lassen.

»Ja, Sie haben recht. *Unseren* ›Jean‹ haben die Russen. Aber Sie hätten meinen Auftrag vermutlich nicht angenommen, wenn ich Ihnen die ganze Wahrheit offenbart hätte. Oliver, hören Sie, ich brauche Sie bei dieser Sache. Wenn wir mit der Angelegenheit fertig sind, übernimmt das BKA. Das kann ich Ihnen versichern.«

»Kein Ehrenwort, bitte. Ich bin wütend.« Oliver senkte seine Stimme, es hatte keinen Sinn, sich mit dem höchsten Vorgesetzten in einem Tonfall auseinanderzusetzen, der jetzt auch ihm unangemessen erschien, obwohl er vor ein paar Stunden noch dankbar dafür gewesen wäre, wenn man ihm »gekündigt« hätte.

»Wir hatten niemanden mehr, der sich so gut wie Sie im Milieu auskennt. Und Sie haben noch Ihren Freund Guido, ein vorzüglicher Typ übrigens. Und wir vertrauten auf Ihren ausgeprägten Haß auf die Stasi, auf die Kommunisten, auf wen auch immer im alten Regime.«

»Wie konnten Sie zulassen, daß Katlen Oeser in Gefahr kam?«

»Das habe ich nicht ›zugelassen‹, wie Sie sagen, Bren.« Immer, wenn Jagemann eine versteckte Entschuldigung anbringen wollte, verwendete er das Diminutiv von Olivers Nachnamen.

»Sie hatten aber Kenntnis davon, daß sie mit Hans Hermann Meyer in Leipzig befreundet ist?«

»Ja. Das hatte ich.«

»Und: daß ich sie liebe.«

»Auch das. Deshalb war ich sicher, Sie würden eher als jeder andere an ihn herankommen.«

»Das ist nicht fair, Jagemann.«

»Sind wir ein Verein, der ›Fair play‹ auf seine Fahnen geschrieben hat?«

»Das wohl kaum«, gab Beauvoir bitter zur Antwort. »Das wohl kaum.«

»Sehen Sie, mein Lieber, deshalb konnten wir

gar nicht anders. Eines Tages wird Ihnen klarwerden, wie wichtig Ihre Aufgabe für uns ist. Ich muß Ihnen jetzt etwas mitteilen, was uns weiterbringt. Ihre Freundin wird bald freigelassen und in ein Land ihrer Wahl reisen können, von wo aus sie zu Ihnen zurückkehren wird. Da bin ich ganz sicher. Die Figuren, die sie jetzt festhalten, wollen Druck auf Sie ausüben. Das aber müssen wir unterlaufen. Wir haben wenig Zeit. Deshalb lesen Sie aufmerksam, was Ihnen mein Telex sagt, das Ihnen gleich ausgehändigt wird.« Friedrich Jagemann hatte die letzten Sätze in sachlicher Betonung gesprochen, gewissermaßen dienstlich, um seinen Gesprächspartner auf den Boden der Realität zurückzuholen, selbst wenn es für Beauvoir noch ganz andere Realitäten gab, an denen er mindestens ebenso hing wie an seinem zweifelhaften Job.

»Sie haben mich wieder, bin ganz Ihr Mann«, sagte Oliver resignierend. »Hab' wohl keine andere Wahl, oder?«

»Nein, antwortete die Stimme am Apparat. »Aber das sage ich in aller Freundschaft.«

Jagemanns Worte versetzten Beauvoir in eine Gemütslage, die zwischen Ruhelosigkeit und höchster Konzentration hin und her schwankte. Sie brachten aber dem Agenten in besonderem Auftrag endlich Klarheit über die Verhältnisse. Der im »Sophienclub« Beobachtete war also nicht der Gesuchte, sondern ein ganz anderer. Der Mann mit dem uneuropäischen Aussehen und der Narbe im

Gesicht war, wie Beauvoir bald erfahren sollte, das eigentliche Ziel seiner Bemühungen, auf das man ihn, ihn in Unkenntnis der wahren Sachverhalte lassend, angesetzt hatte.

Der von Jagemann übermittelte Text enthielt genaue Angaben über alle ihn – Oliver Beauvoir – betreffenden Umstände, die Personen, mit denen er kontaktieren sollte, und die Zeitpunkte, zu denen dies geschehen mußte. Der nicht identifizierbare Mann im Club wurde als eine jener Figuren im ehemaligen Staatssicherheitsapparat dargestellt, die an maßgeblicher Stelle die Kontakte der Stasi zu Terrorgruppen in Westeuropa und im Nahen Osten steuerten und koordinierten. Der vermeintliche »Jean« im »Sophienclub«, so die Darlegungen des BND, versah in den Jahren 1985 bis 1988 die Funktion eines persönlichen Adjutanten bei MfS-Chef Erich Mielke. Er war dessen engster Vertrauter und unter ungewöhnlichen Umständen im Apparat aufgestiegen. Offiziell nahm die Stelle des persönlichen Referenten ein NVA-Oberst ein, doch das uneingeschränkte Vertrauen des »Alten« besaß nach Erkenntnissen des Bundesnachrichtendienstes eben dieser geheimnisvolle »Jean«. In Libyen geboren und aufgewachsen, war der spätere Mielke-Vertraute zu Beginn der siebziger Jahre Stipendiat an der Humboldt-Universität gewesen, gleich Hunderten anderer Studenten, die sich aufgrund der guten Beziehungen ihrer totalitär-sozialistisch regierten Herkunftsländer mit dem »zweiten deutschen Staat« einen Studienplatz an einer DDR-Hochschule verdient hatten. »Jean« lernte die deutsche Sprache ebenso schnell wie gründlich, bis er darin perfekt war. Außerdem sprach er arabisch und französisch, ein Umstand, der ihn schon in jungen Jahren für die Herrschaftsclique der preußischen Emporkömmlinge meist proletarischer Abstammung fast unentbehrlich machte. Nach dem Studium der Physik absolvierte der Libyer, ein glühender Verehrer sowohl Gaddafis als auch des SED-Generalsekretärs Erich Honecker, eine militärische Ausbildung der Sonderklasse. Nach zehn Jahren Dienst beim MfS war er auf der höchsten Kompetenzstufe angelangt. Er besaß inzwischen die DDR-Staatsbürgerschaft, konnte die Staatsangehörigkeit seines Heimatlandes aber beibehalten, ein ungewöhnlicher Vorgang, der Neid und Mißgunst auf den Plan rief, wo immer er bekanntgeworden war. Für Mielke empfand »Jean« eine Bewunderung, die an Verehrung grenzte. Abenteuer und Radikalität an dieser Persönlichkeit beeindruckten ihn auf das tiefste. Der Boß war schon in der Weimarer Zeit an Polizistenmorden beteiligt gewesen, war ins Ausland geflohen und hatte später am spanischen Bürgerkrieg teilgenommen.

»Jeans« wirklicher Name war nur wenigen bekannt, denn der Libyer machte sich schon früh einen Spaß daraus, mit den unterschiedlichsten Deck- und Tarnnamen zu kokettieren, selbst als dazu noch nicht der geringste Anlaß bestand. Deshalb blieb jetzt auch Jagemann in seinen Materialien, die für Beauvoir bestimmt waren, beim sibyllinischen »Jean«, einem Decknamen, den eigentlich »unser Mann« in Berlin führte. Von ihm behauptete der BND-Chef, daß die Russen sich ihn geschnappt hätten. Ob das den Tatsachen entsprach, würde Beauvoir wohl kaum erfahren und war nach dem, was Jagemann ihm mitteilte, auch nachgerade unerheblich geworden. Denn wichtig war offenbar für unsere Nachrichtendienste und Sicherheitsorgane vornehmlich der »neue« Jean: In den vergangenen Monaten, mit zunehmender Häufigkeit in den letzten Wochen, waren den Diensten Meldungen über Pläne für terroristische Anschläge zugegangen, deren Quelle man in ehemaligen Stasi-Kreisen Berlins ausgemacht zu haben glaubte. Es hatte Hunderte von Mord- und Bombendrohungen gegeben und schließlich das Attentat auf den Staatssekretär im Innenministerium und dessen Fahrer.

Man wußte, und dies teilte jetzt Jagemann seinem Mann als gesicherte Erkenntnis mit, daß es im einzelnen noch nicht voll abgeklärte, aber zweifelsfreie Gewißheit sei, Terroristen im Inland arbeiteten mit einer Gruppe international gesuchter Personen zusammen, die über Westeuropa verstreut seien. Ihre Decknamen, so Jagemanns Bericht weiter, seien den deutschen Sicherheitsdiensten seit geraumer Zeit bekannt. Ihre Pläne seien ungewiß, aber es sei nach den Vorkommnissen der letzten Zeit mit dem Schlimmsten zu rechnen. Da eine große Zahl der im Jahre 1990 inhaftierten Terroristen noch auf ihre Aburteilung wartete, während andere bereits wegen Verjährung in die Freiheit entlassen wurden, müsse man auf Terrorakte mit dem Ziel der Freipressung der Inhaftierten nach dem Muster der siebziger Jahre gefaßt sein. Jagemann führte dann die Decknamen auf.

Sie stellten offenbar den Kern dessen dar, was er Beauvoir sagen wollte. Nach Erkenntnissen des BND konnte nur »Jean«, dessen Weg durch die Hierarchie man beobachtet hatte, den wahren Sachverhalt und die Klarnamen kennen, die sich hinter der Decknamen-Liste verbargen. Diese Klarnamen bedeuteten noch nicht, daß man die tatsächlichen Existenzen vor sich gehabt hätte. Vielmehr betrafen sie die neuen Identitäten, die ihnen der alte Stasi-Apparat in der zweiten Hälfte der achtziger Jahre gegeben hatte. Über sie würde man möglicherweise an den Personenkreis herankommen, der hier in Frage stehe. »Jean« sei an der Operation des MfS seinerzeit unmittelbar beteiligt gewesen, bevor er selber ins Ausland versetzt worden sei, woher er erst nach der Vereinigung und der vorausgegangenen teilweisen Säuberung des Molochs zurückgekehrt sei.

Für Oliver Beauvoir entscheidend: »Jean« sei eitel, korrupt und intelligent. Letzteres mache ihn gefährlich, während ihn die beiden ersten Eigenschaften angreifbar erscheinen ließen. Oliver solle sich an ihn heranmachen und die Namensliste herauslocken; sobald er damit weiterkomme, solle er

»Jean« 500.000 Mark anbieten. Sie würden für Oliver Beauvoir an bekannter Stelle in Berlin bereitgehalten. Man sei in München, wie in Bonn und Berlin, der Meinung, daß »Jean« nicht mehr selber aktiv sei, weil er sich ungeschützt in der Öffentlichkeit zeige und man ihm nach der Aktenlage des Innenministeriums keine konkreten Schuldvorwürfe machen könne.

Nachdem Oliver das Papier eingehend studiert hatte, verbrannte er es und warf die Reste in die Toilette. Er rauchte ein paar Zigaretten, um seine erneut aufkeimende Nervosität zu bekämpfen. Wenn Meyer gleich nach ihrem Telefonat losgefahren war, würde er bald vor der Haustür stehen. Kaum hatte Oliver diesen Gedanken zu Ende gedacht, hörte er Geräusche im Hausflur, wenige Sekunden darauf stand Hans Hermann Meyer im Wohnzimmer. Er wirkte abgespannt, ja erschöpft. Die beiden Männer begrüßten sich kühl und maßen sich mit abschätzenden Blicken, als wolle der eine vom anderen erfahren, was denn eigentlich los sei.

Meyer riß sich die Krawatte vom Hals, die er überflüssigerweise auch an diesem schwülen Sommertag angelegt hatte, und warf sich krachend in den Sessel. Beauvoir hockte sich gegenüber aufs Sofa, in vorgebeugter Haltung abwartend, was Meyer jetzt vorbringen werde. Für den Austausch von Höflichkeiten war keine Zeit.

»Ich muß was trinken«, stöhnte Meyer.

Oliver bedauerte: »Leider nichts im Hause, nur

Wasser. Ich werde gleich noch etwas holen, aber Sie verstehen, ich hatte andere Sorgen.«

Meyer stürmte ins Bad und trank aus dem Kran über dem Waschbecken. Mit dem Handrücken wischte er sich den Mund.

»Nun, erzählen Sie mal, wie das gelaufen ist«, forderte er Oliver auf.

»Null, absolut null. Was ich weiß, habe ich Ihnen schon am Telefon gesagt. Morgen wollen sich die Brüder noch mal melden. Nehme doch an, daß es mehrere sind.«

»Das«, sagte Meyer gedehnt, »nehme ich allerdings auch an.« Er zog sein Taschentuch hervor und wischte sich den Schweiß von der Stirn. Oliver starrte ihn überrascht an.

»Nehmen Sie das nur an, oder *wissen* Sie's?« Die Frage kam wie geschossen. Olivers Gegenüber machte eine hilflose Handbewegung, als wolle er im Raum herabhängende Spinnweben beseitigen.

»Ich weiß nichts, natürlich nichts. Aber wir müssen jetzt behutsam überlegen, was zu tun ist. Sie und ich, wir sind doch beide betroffen!«

»Wenn Katlen Oeser nur Ihre Mitarbeiterin wäre, säßen Sie jetzt sicher nicht hier«, zischte Oliver aggressiv. »Entschuldigen Sie, ich bin etwas gereizt, war nicht so gemeint«, schob er rasch nach. In dieser explosiven Stimmung würden sie keinen Schritt weiterkommen und gewiß Kati nicht wieder herbringen.

Beauvoir hatte gleichwohl das Empfinden, daß Meyer in wenigen Minuten zu einem längeren Geständnis ausholen würde. Einerseits fühlte er Dankbarkeit, daß der Mann bei ihm war, andererseits erfüllte ihn die uneingestandene Rivalität mit Unbehagen. Meyer sollte selbst sagen, daß die Entführung seiner Geliebten gerade in Berlin stattgefunden hatte.

»Sagen Sie mir, was Sie wissen, Meyer«, fuhr Oliver fort. Beauvoirs Worte fielen tönend in das Schweigen, das die beiden Männer geraume Zeit eingehalten hatten. Meyer schien erleichtert, wie ein Gläubiger, dem der Priester schon vor Beendigung der Beichte die Absolution erteilt.

»Ich hätte Sie warnen sollen, Beauvoir. Aber das, was Sie glaubten tun zu müssen, ist wohl Ihr Job, da kann man nichts machen. Für mich ist die Sache mit Kati ein Schock, wie für Sie. Wir gehören da irgendwie zusammen, meine ich. Am Samstagabend haben mich zwei junge Männer aufgesucht. Ich kenne sie, habe aber nicht viel mit denen zu schaffen, das müssen Sie mir glauben. Sie haben mich zusammengeschlagen, mir gedroht. Sie wollten sicher sein, daß ich Ihnen mein Haus auch wirklich zur Verfügung stelle. Sie sagten nicht, was sie vorhätten, aber daß es auf eine Schweinerei hinauslaufen würde, ahnte ich natürlich. Wissen Sie, irgendwann holt jeden die Vergangenheit ein. Sie und mich, wie tausend andere. Die Kerle haben versucht, mich über Sie ›aufzuklären‹ (Meyer betonte das Wort ironisch). Sie dachten, ich stecke mit Ihnen unter einer Decke. Pardon, eine fatale Parallele, die ich nicht beabsichtigt habe.

Dann klauten sie mir die Hausschlüssel, die sie Ihnen offenbar am Sonntag gebracht haben. Nun ja, das sind verfluchte Idioten, die aus einer Epoche stammen, die ich überwunden glaubte. Aber: Ich habe mich schuldig gemacht, und – wie das schöne Wort so treffend sagt – ›alle Schuld rächt sich auf Erden‹. Ich komme da wohl nicht drum herum. Also sage ich Ihnen, wie's gewesen ist, vielleicht hilft's wenigstens uns beiden weiter. Die Leute, von denen ich spreche, gehören zu einer politischen Gruppierung, die sich als ›Sozialistische Front Deutsche Einheit‹ bezeichnet. Sie hat sich unter anderem als für das Attentat auf Meisel verantwortlich bezeichnet. Da gibt es eine politische Sektion und eine zweite, die im Untergrund aktiv wird. Mit Bomben, Gewalt, Terror. Ich fürchte, daß da noch eine Menge auf uns zukommt. Aber das dürfte Ihnen besser bekannt sein als mir. Die Kerle haben mich in der Hand, wenigstens muß ich davon ausgehen. Ich habe den Messejob seinerzeit angenommen, um ein Stück Freiheit zu gewinnen, weit weg von Berlin, der Stasi, dem Zentralkomitee und so weiter, Sie verstehen. Im letzten Augenblick aber haben mich Mielkes Genossen doch noch am Rockzipfel erwischt und gezwungen, für sie in Leipzig – in meiner neuen Position – den Spitzel zu machen. Gewissermaßen als Dank dafür, daß man mich überhaupt so großzügig abgefunden hatte. Dafür habe ich, was üblich war, Geld bekommen, gegen Quittung, alles muß seine Ordnung haben. Und diese Quittungen hat man mir nach der großen Wende unter die Nase gehalten. Ich wollte meinen Job nicht verlieren und habe mich also für ihre miesen Zwecke einspannen lassen. Belastete Stasi mit guten Jobs im Ausland zu versorgen, Persilscheine für weniger anrüchige Figuren auszustellen und polizeilich verfolgten Mitarbeitern des MfS zeitweilig Unterkunft zu gewähren – so etwas gehörte bis vor kurzem zu meinen Aufgaben. Jetzt habe ich endgültig die Schnauze voll, ich will einfach nicht mehr ...« Meyer rang nach Atem. Die letzten Sätze hatte er mit sich überschlagender Stimme gesprochen, er schien bedrückt, gedemütigt und hoffnungslos. Beauvoir empfand, ungeachtet seines manchmal blindwütigen Hasses auf Stalinisten, beinahe so etwas wie Mitleid mit diesem Mann, der ihm soeben das ganze Ausmaß seiner Korruptheit und Erpreßbarkeit geschildert hatte. Noch bevor Meyer erneut das Wort nahm, fragte Oliver in sachlichem Ton:

»Haben Sie eine Ahnung von Organisationsgrad, Unterbau und Finanzierung dieser ›Sozialistischen Front‹?«

Meyer schien sich wieder gefangen zu haben. Er blickte Beauvoir gefaßt ins Gesicht, wobei er sich nicht bemühte, einen schmerzlichen Zug um seine Mundwinkel zu verbergen.

»Ich kenne keine Einzelheiten. Es mögen einige hundert sein, andere sprechen sogar von Tausenden. Die Kerntruppe allein ist gefährlich. Ihr ist es gelungen, Verbindung zu all jenen Leuten aufzunehmen, die entweder schon in früheren Jahren bereit waren, mit Gewalt ihre Ziele zu verfolgen, oder sich jetzt dazu bekennen. Geld haben sie wohl mehr als genug. Ein Teil des SED-Vermögens war seit vielen Jahren im Ausland deponiert. Niemand hat bisher herausgefunden, wer diejenigen waren, die sich als erste nach dem Umsturz aus dem Staube machen konnten. Anhand des in den Archiven der Stasi lagernden Materials konnte unser Innenminister zwar eine ganze Menge interessanter Details veröffentlichen, aber die Ereignisse in der ›Stunde Null‹ blieben im Verborgenen ...«

Meyer war nun überhaupt nicht mehr zu bremsen. Sein Erinnerungsdrang preßte ihm Sätze auf die Lippen, die er zu keiner anderen Gelegenheit und an keinem anderen Ort ausgesprochen hätte. Er schien mit Beauvoir zu einer schicksalhaften Einheit verschmolzen zu sein, durch eine Frau, die ihnen beiden unerwartet und ungewollt so Außerordentliches bedeutete. Für den zynischen Routinier Meyer mochten die jüngsten Ereignisse noch schwerer wiegen, noch aufwühlendere Konsequenzen haben. Er hatte sich in Katlen Oeser verliebt, wo sie zuvor nur eine seiner vielen Geliebten gewesen war. Und er stand nach Lebensalter und Gemütsverfassung an einer Wegscheidung, an der er für sich insgeheim eine Wahl getroffen hatte, ohne Hoffnung auf Erfüllung. Das war bitter, machte ihn aber auch stark. Oliver zog noch einmal kräftig an seiner Zigarette und drückte dann den Stummel im Aschenbecher aus.

»Wissen Sie« – Meyer machte einen Gedankensprung –, »in gewisser Weise sind wir beide gemeint, Sie verstehen, was Katis Entführung betrifft. Sie wollen Druck auf Sie ausüben, daß Sie Berlin verlassen und den Job aufgeben, und mich möchten sie bestrafen, dafür, daß ich in den letzten Monaten für die verdammte Bande keinen Finger mehr krumm gemacht habe.« Dabei schniefte er verächtlich durch die Nase. Oliver schwieg, und beobachtete jede von Meyers Gesten.

»Ich kann, glaube ich, etwas für Sie tun«, fuhr Meyer unbeirrt fort. Anspannung und Wut, die in seinen Worten nach Ausdruck gerungen hatten, waren einer seltsamen Gelöstheit gewichen. Der sonst so alert und selbstbewußt wirkende Boß der Messegesellschaft war in sich zusammengesunken, einsam und auf geradezu lächerliche Weise hilflos. Wie mit letzter Kraft raffte er sich auf, durchmaß das Zimmer mit ruhigen Schritten, rückte seinen Hosenbund zurecht und sagte, zu Oliver gewandt:

»Kommen Sie, es ist Zeit, etwas zu essen. Ich lade Sie ein. Wir fahren in die Stadt.«

14

Bren d'Amour richtete den Kragen seines Lederblousons auf. Er beschleunigte seine Schritte. Ein Sommergewitter ging über der Stadt nieder. Der Asphalt dampfte. Der Regen rann an Stirn und Nacken herab; Oliver stieß einen leisen Fluch aus. Das »Café Corso«, eine der vielen Bars im Zentrum Berlins, die nur tagsüber geöffnet haben, war noch ungefähr 100 Schritte entfernt. Oliver war nicht sicher, ob Riemer seine Nachricht erhalten hatte. Ihm blieb eine knappe Stunde, um auf ihn zu warten, dann wollte er zurück sein. Wenn sich die Entführer tatsächlich noch einmal meldeten, dann vermutlich zur gleichen Zeit wie am Vortag, an dem sie ihm den jähen Schrecken eingejagt hatten. Die Nerven ertragen nur einen Druck von begrenzter Dauer, ihre Anspannung entlädt sich dann für gewöhnlich in einem Schock. Den hatte Oliver überwunden, vielleicht auch nur verdrängt.

Im Café nahm er an einem Tisch direkt an der Außenfront Platz. Sie war aus Glas, das zur Hälfte von einer durchsichtigen Tüllgardine verdeckt war. Wenn Guido Riemer sich dem Corso näherte, würde er ihn sehen können. Etwa alle zehn Minuten blickte er auf die Uhr, bis er bei der dritten Tasse Kaffee angelangt war. Irgendwann zwischen 15.00 und 16.00 Uhr würde im Hause Meyer in Wandlitz das Telefon läuten. Oder auch nicht. Die

Adresse in Wandlitz, der Fernsprechanschluß – das waren die einzigen Kontaktstellen zu den Männern, die Kati in ihrer Gewalt hatten. Oliver rief nach der Kellnerin, bestellte einen Cognac, kippte ihn hinunter, zahlte und machte sich auf den Heimweg.

Als er in Wandlitz ankam, war es bereits 20 Minuten nach drei. Oliver trocknete seine Haare, wechselte sein Oberhemd und beschaute sich im Frisierspiegel des Badezimmers. Sich elend fühlen, das kommt vor, aber so kraftlos-abgespannt, übermüdet und reizbar war er lange nicht gewesen. Warum hatte er sich nicht rasiert? Wegen Katlens Abwesenheit? Oder reine Nachlässigkeit? – Das Telefon! Er stürzte ins Wohnzimmer, riß den Hörer von der Gabel. Es war Riemer.

»Wo steckst du?«

»Bin in meiner Pension. Hab' gerade deine Nachricht erhalten. Schade, aber ich war in der Stadt.«

»Komm' doch heut abend zu mir raus nach Wandlitz, wir haben Wichtiges zu bereden. Bring was zu trinken mit.«

»Warum so hastig, Alter?«

»Du, ich muß die Leitung freihalten. Erklär' ich dir später. Also dann ...« Oliver legte auf.

Wenn Oliver Beauvoir in dem verstecktesten Winkel seines Herzens noch bis zu diesem Tage insgeheim gehofft haben mochte, den Anweisungen der »Firma« zu entkommen, so ließ er in diesem Augenblick jeden Gedanken an Flucht und »innere Kündigung« gänzlich fahren. Agent wider Willen, hatten ihn die dramatischen Umstände darüber belehrt, daß es besser sei, sich möglichst geschmeidig in sein Schicksal zu finden, als ihm unentwegt aus dem Wege gehen zu wollen. Kati befand sich in der Gefangenschaft offensichtlich zu allem entschlossener Desperados, und die Anordnungen von Jagemann waren in Zielsetzung und Ausführung ziemlich eindeutig. Würde er passen, käme das einer persönlichen Kapitulation gleich. Außerdem war seine Abscheu vor dem einst so mächtigen Staatssicherheitsdienst der DDR abermals zu voller Gegenwart erwacht. Ihm war bewußt, daß nicht alle Handlanger des alten Systems gleich schuldig waren; es gab solche, an deren Händen wahrhaftig Blut klebte, und dann die vielen Tausende, die sich durch Nötigung, Erpressung oder durch Geld in das Netzwerk des Satans hatten verstricken lassen. Er würde erst wieder zur Ruhe kommen, wenn sein Mädchen endlich wieder in Freiheit lebte. Es war so, als wenn sich an ihr jetzt erfüllt hätte, was sie als unablässig wahrgenommene Furcht in der alten Epoche durchlebt hatte: eines Tages auch physisch zu leiden, den Schritt von der seelischen Folter in die leibliche Gefangenschaft vollziehen zu müssen. Das System war immer Ausdruck von Terror und Zwang gewesen; jetzt offenbarte es sich in seiner reinsten Form. Denn die im Untergrund operierenden Stasi-Gruppen brauchten nun keinerlei Rücksichten mehr zu nehmen und um internationale Reputation zu buhlen wie einst das Honecker-Regime, das nicht weniger brutal war, sich aber hinter der Maske »antifaschistischer Tradition« und anderem propagandistischem Blödsinn zu verbergen versucht hatte. Mielkes Nachfolger als Innenminister einer Übergangsregierung, ein junger, ebenso unerfahren wie naiv an die gewaltige Aufräumungsarbeit gehender Rechtsanwalt, gab vor, »den Apparat zerschlagen« zu wollen, mit dem er letztlich doch würde operieren müssen. Die öffentliche Ordnung versank in einem Chaos, in dem sich immer nur die zu Worte meldeten, die schon zuvor die unselige Republik beherrscht hatten. Es war ein Teufelskreis, aus dem es kein Entrinnen gab.

Riemer kam am Abend ins Haus; vergeblich hatte Oliver auf ein Zeichen der Entführer gewartet. Er zermarterte sein Hirn und quälte sich mit entsetzlichen Selbstvorwürfen. Guido schleppte zwei Plastiktüten in die Küche und stellte Flaschen, Käse und Brot auf die gähnend leere Arbeitsplatte zwischen Herd und Spülbecken. Mit der ganzen Hingabe, deren ein Freund fähig ist, mühte er sich damit ab, Oliver aufzumuntern und seine Ängste zu zerstreuen. Er habe doch das Wort von Jagemann, daß er letztlich (!) nichts zu befürchten habe. Und auch Meyer hatte eine dunkle Andeutung fallenlassen, er könne »etwas für ihn tun«. Aber, um Himmels willen, was denn? Guido redete immer wieder erneut auf Beauvoir ein, daß dies kein Fall sein könne, der zu Gewalt und Mord führen werde. Wenn die Entführer zu jenen Terroristen zählten, die Meisel und seinen Fahrer auf dem Gewissen hätten, müßten sie alles vermeiden, was die Aufmerksamkeit der Sicherheitsorgane auf sie lenken würde. Sie dürfte keine neue Spur legen, meinte Riemer zuversichtlich, welche die Polizei zu ihrem Unterschlupf führen könnte. Es sei alte Stasi- und RAF-Methode, alles zu vermeiden, was sie an der Verfolgung ihrer eigentlichen Ziele hindern würde.

»Wir haben es mit Leuten zu tun, die zweifellos gefährlich sind, aber als wahnsinnig kann ich sie auch nicht bezeichnen«, sagte Riemer, nachdem sie eine Flasche Rotwein geleert und dazu Brot und Käse gegessen hatten. »Sie sind berechnend und kalkulieren ihr jeweiliges Risiko. Das weißt du, Oliver, und deshalb solltest du dich nicht länger mit Befürchtungen quälen, die aller Voraussicht nach nicht eintreffen.« Riemer bearbeitete seinen Freund wie ein versierter Psychotherapeut. Oliver war dafür dankbar. Allein gelassen zu sein wäre jetzt schrecklich gewesen. Außerdem mußten sie unverzüglich ihren Auftrag in Angriff nehmen, und dazu benötigte Beauvoir die Hilfe des Freundes.

»Ist schon okay, Guido. Wir tun einfach so, als sei im Grunde nichts geschehen. Uns sind die Hände gebunden, wir können im Augenblick wirklich nichts machen. Ich seh' das ja ein, aber ...« Er unterbrach sich, erhob sich aus dem Sessel und ging ein paar Schritte auf und ab: »Es gibt viel zu tun, warten wir's ab«, zwang er sich zu einem spöttischen Lächeln, das ihm auf den Lippen erstarb.

Von abwarten konnte in Wahrheit keine Rede sein. Vielmehr hatte Jagemann ihn zur Eile ermahnt. Das Übliche also. Sie gingen alles im einzelnen durch, Punkt für Punkt. Ein Irrtum oder eine Fehleinschätzung durfte ihnen diesmal nicht unterlaufen. Sie prüften gemeinsam die Unterlagen, die Jagemann Beauvoir ausgehändigt hatte. Es gab eine Reihe von Ansatzpunkten, die von vornherein ausschieden. Aber sie besaßen ein Bild der beiden Männer im »Sophienclub«, kein Foto, aber den persönlichen Augenschein. Das mußte genügen. Außerdem war Schlomm, der Nachtclubbesitzer, ehemals einer der Manager des Friedrichstadt-Palasttheaters, Guido Riemer durchaus ein Begriff. Es gab da ein paar Freunde, die Zugang zu ihm hatten.

Sie erwogen die Alternativen, die sich ihnen für den Fall bieten könnten, daß »Jean« für sie nicht erreichbar sein würde. Der Wein hatte sie müde gemacht, allen Anspannungen zum Trotz. Die Luft war stickig vom Zigarettenqualm. Oliver ging zur Terrassentür und öffnete sie weit. Ein kühler Abendwind wehte ins Zimmer. Es war unendlich still um sie herum. Es schien ihnen so, als deute die Stille auf etwas Geheimnisvolles hin. Erwartungsvolle Ruhe. Doch nichts regte sich. Das Telefon blieb stumm, nur der Wind raschelte leise in den Bäumen, welche die Terrasse säumten. Der Hausherr war noch am Abend zuvor nach Leipzig zurückgefahren, mit einem späten Besucher brauchten die beiden Freunde folglich nicht mehr zu rechnen. Meyer hatte einen deprimierten Eindruck gemacht, als er sich besonders herzlich von Beauvoir verabschiedete.

Gegen Mitternacht legten sich Oliver und Guido schlafen. Oliver nahm das Sofa, Guido bekam das bequemere Bett. Beauvoir wachte noch vor acht Uhr auf und eilte fast mechanisch zum Briefkasten. Wenn sie nicht anrufen, haben sie vielleicht eine Botschaft hinterlassen. Ein unfrankierter Umschlag, offenbar von einem Boten eingeworfen, befand sich im Kasten, mit handschriftlicher Adressierung. Oliver riß das Kouvert an der Seite auf und zog hastig das inliegende Papier, es waren mehrere, locker beschriebene Blätter, heraus. Er faltete sie auseinander und las:

»Lieber Beauvoir,

es muß Ihnen nicht schmeicheln, wird Sie aber hoffentlich auch nicht verletzen, daß ich die letzten Worte in meinem Leben an Ihre Person richte. Ich habe Sie erst in diesen Tagen, die uns – lassen Sie mich das pathetische Wort wiederholen – schicksalhaft miteinander verbunden haben, wahrhaft kennen- und schätzengelernt. Sie lieben Katlen, und sie liebt Sie. Es wurde mir zum Verhängnis, daß auch ich diese Frau liebte. Verzeihen Sie mir meine Rückhaltlosigkeit; angesichts des nahe bevorstehenden Verschwindens von dieser

Erde werden Sie mir mildernde Umstände zubilligen. Sie haben ja recht: Ich bin ein Zyniker, wiewohl ich mich verlieben konnte, was mir unabweisbar vor Augen führte, wie verletzbar ich bin, wir alle wohl sind. Ich bleibe dennoch ein Zyniker, was mir meine augenblickliche Lage ungemein erleichtert. Ich will nicht mehr, und ich kann nicht zurück. Es spricht nur vordergründig gegen meine Lebensphilosophie, daß ich die Stunde fürchtete, in der gerade Sie mich verachten würden. War ich schlimmer als die anderen? Wer sind die ›anderen‹ überhaupt? Darf man sich mit Menschen vergleichen, die man im Grunde seines Herzens entweder haßt oder fürchtet? Sind Vergleiche, wenn es um Schuld und Sühne geht, überhaupt zulässig? Ich glaube, wir sind am Ende doch alle allein. Allein mit uns, unseren Hoffnungen, unseren Entwürfen, unserer Bilanz des Lebens. Verurteilen Sie mich, halten Sie mir alles vor, was Ihnen Zeit und Umstände eingeben, aber hassen Sie mich nicht! Ich akzeptiere den Begriff der Sünde nicht, aber man begeht einen unverzeihlichen Fehler, wenn man sein ganzes Leben nur darauf ausrichtet, sich selber Vorteile zu verschaffen und die Menschen, die einem dabei begegnen, wegen ihrer Ängstlichkeit oder Beschränktheit zu verachten. Ein solches Verhalten richtet sich am Ende gegen einen selbst. Wenn Sie so wollen, ist das meine späte moralische Einsicht. Wir leben heute in einer gründlich veränderten Welt. Doch die Geister der Vergangenheit scheinen noch lebendig. Ich will nicht mehr zu ihnen gehören. Niemals habe ich etwas getan, was außer mir irgendeinem anderen wirklich zum Vorteil gereichte. Außer vielleicht für Katlen Oeser. Glauben Sie mir: Meine Zuneigung zu ihr ist auch noch in diesem Augenblick aufrichtig. Deshalb habe ich mich ›eingeschaltet‹, um Ihnen zu helfen. Ich weiß von den verdammten Idioten, die Katlen entführt haben, nicht viel. Es reichte aber aus, ihnen einen Schrecken einzujagen, der sie zum Nachgeben zwang. Sie *mußten* Katlen freigeben. Sie werden bald von ihr hören. Das bedeutet, daß mein Leben nichts mehr wert ist. Wenn ich nicht bereit wäre, in den Tod zu gehen, würden die anderen, schon wieder die ›anderen‹, dafür sorgen, daß ich es nicht mehr lange aushalten würde. Was ich für Sie getan habe, ist kein Opfer, sondern nur ein Ausgleich dafür, was wir alle in Deutschland einander zu lange angetan haben. Ich meine nicht die vielen Millionen Menschen, die immer ahnungslos oder zu furchtsam waren, aus ihrer Enge herauszutreten. Ich meine die Macher und Funktionäre, die jedem Befehl gehorchten, weil sie sonst zu einem Leben im Schatten der Massen, in der Alltäglichkeit des Gewöhnlichen verdammt gewesen wären. Für diesen Hochmut werden wir bestraft. Ich empfinde nichts mehr als Erschöpfung und die Sehnsucht nach unendlicher Ruhe. Ich bin allein mit mir selbst und halte dies gelassen aus. Ich liebe euch ... Leben Sie wohl. Meyer.«

Als wären seine Füße auf dem Parkettboden festgeklebt, hatte Beauvoir, im Entree stehend, den Abschiedsbrief zu Ende gelesen. Mit glasigen Augen schaute er gebannt auf das sorgfältig beschriebene Papier. Meyer! »Wir hätten mehr miteinander reden sollen«, dachte Beauvoir. »Ich hätte ihm sagen sollen, was in mir wirklich vorging, als ich meine Eifersucht offenbarte. Kati gehörte niemandem, weder Meyer noch mir, sie gehörte ausschließlich sich selbst. Ein Verlierer, und wenn er es auf der ganzen Linie gewesen wäre, muß doch nicht Schluß machen ...« Oliver betrat das Schlafzimmer. Den Brief immer noch in der Hand haltend, stieß er Guido an der Schulter an.

»Wach' auf, Guido, ich muß dir was sagen«, versuchte er den Freund aus dem Schlaf zu holen. Guido öffnete die Augen und blickte Oliver halb erschrocken, halb fragend an.

»Was gibt's, Alter? Hab' ich etwa verpennt?« Oliver schüttelte den Kopf.

»Nein, nein. Lies das hier, Meyer ...« Oliver reichte dem noch Schlaftrunkenen die aufgefalteten Blätter. Nachdem Guido sie gelesen hatte, kommentierte er kühl:

»Ein korrupter Apparatschik des Ancien Régime hat Bilanz gezogen, und unter dem Strich ist null für ihn herausgekommen. Meyer ist kein Einzelfall ...«

»Doch er war letztlich kein schlechter Kerl, weißt du. Wir wissen alle zuwenig voneinander. Wir sind oft grausam, ohne es zu ahnen.«

»Was bedeutete dir Meyer?« fragte Guido, jetzt bereits etwas mitfühlend.

»Im Grunde nichts. Er war mit Katlen zusammen, und ich war eine Zeitlang sogar froh, daß es jemanden gab, dem sie vertraute, der ihr helfen konnte, wenn sie mal nicht weiterwußte. Ich konnte oft nichts für sie tun, und da mußte mir die Wahl ihrer Freunde gleichgültig sein. Und Meyer hat schließlich doch ein Opfer für mich gebracht, selbst wenn er es nicht so bezeichnen mochte. Das ist heroisch, magst du es drehen und wenden, wie du willst.« Beauvoir schien erleichtert, daß er dies ausgesprochen hatte. Es gibt eine Dankbarkeit, die man um so stärker empfindet, je weniger man die Chance hat, sie dem anderen gegenüber ausdrükken zu müssen. Guido hatte sich unterdessen im Bett aufgerichtet. Er fuchtelte mit den Händen in der Luft herum.

»Selbstmord ist immer auch Ausdruck von Feigheit. Ein Schriftsteller beschreibt den Fall eines Duellanten, der sich dem Zweikampf durch Selbstmord entzieht ...«

»Ja, ja«, wehrte Oliver mißlaunig ab. »Jetzt komm' du mir noch mit Shakespeare, ›so macht Gewissen Feige aus uns allen‹. Das mag ja richtig sein. Trotzdem berührt mich Meyers Tod ...«

»Laß uns nicht sentimental werden. Es war, so sehe ich's, die logische Konsequenz eines verpfuschten Lebens. Wenn wir alle betrauern wollten, die auf diese Weise aus dem Leben scheiden, kämen wir aus dem Heulen nicht heraus ...« Guido ließ sich nicht beirren.

»Komm', Alter. Wir gehen an die Arbeit«, brummte er fast trotzig.

»Vielleicht hast du recht. Jedenfalls hat es keinen Sinn, sich Vorwürfe zu machen. Darin stimme ich dir zu. Es tut mir trotzdem leid ...«

Zur selben Zeit, da Oliver Beauvoir und Guido Riemer in Wandlitz über den Selbstmord von Hans Hermann Meyer sprachen, bestieg eine junge Frau in Schönefeld eine Maschine der Air France nach Paris. Ein Mann, Mitte 30, begleitete sie, wobei er darauf zu achten schien, daß sie immer in seiner unmittelbaren Nähe blieb. Während der gesamten Flugzeit redeten die beiden kein Wort miteinander. Man mochte sie für ein junges Ehepaar halten, das sich auf der Urlaubsreise zerstritten hatte, und jetzt wollte keiner dem anderen nachgeben. Nur hin und wieder warf der Begleiter einen flüchtigen Blick auf das schwarze, glatt nach hinten gekämmte Haar der jungen Frau, wobei er der außerordentlichen Blässe ihres Gesichts gewahr wurde. Nach der Ankunft auf dem Flughafen Orly rief der Mann ein Taxi und gab als Fahrtziel eine Pension im Quartier Latin an. Danach richtete er noch einige Worte an seine Begleiterin, während er dem Fahrer einen 50-Franc-Schein aushändigte. Er schaute dem Taxi nach, bis es im Verkehrsgewühl verschwunden war.

Den Vormittag verbrachten Beauvoir und Riemer mit Aufräumungsarbeiten im Hause. Gegen 12.00 Uhr rief er in Meyers Leipziger Büro an. Eine völlig verstörte Frauenstimme teilte ihm mit, der Chef sei am frühen Morgen tot in seinem Büro aufgefunden worden. Die Teilnehmerin am anderen Ende der Leitung schien sich überhaupt nicht darüber zu wundern, daß Beauvoir dazu keinerlei Kommentar abgab, so durcheinander war die Person offensichtlich noch von dem Schock. Beauvoir sagte nur, er werde in den nächsten Tagen den Schlüssel zu Meyers Wandlitzer Haus durch seinen Freund Riemer in Leipzig zurückgeben lassen. Die Frauenstimme äußerte daraufhin, daß ihr das recht sei. Beauvoir bedankte sich und legte auf. Danach verließen sie das Haus und fuhren in die Innenstadt. Sie verspürten beide einen ätzenden Hunger, den sie bei »Bellini«, einem neuen italienischen Restaurant an der Friedrichstraße, auf möglichst angenehme Weise zu stillen gedachten. Bei Tisch verhielten sich die beiden Männer wortkarg, ja fast schweigsam. Es genügten bei ihnen oft Blicke, um einander das Nötigste zu sagen. Nach dem Essen gingen sie ihrer Wege, nachdem sie verabredet hatten, daß Guido sich ab 19.00 Uhr bei Oliver in Wandlitz telefonisch melden sollte – sofern er bis dahin einen »Termin« mit »Jean« vereinbart habe oder einen Weg dazu aufzeigen könne.

15

»Halten Sie bitte an der Fußgängerzone«, forderte Beauvoir den Taxifahrer auf. Wenn Riemers Ortsbeschreibung stimmte, würden es nur wenige Minuten bis zu seinem Ziel, einem mehrstöckigen Wohnhaus an der Friedrich-Engels-Straße, sein. Es war ziemlich töricht, mit einem Aktenkoffer voller Geld so gänzlich unbewacht des Nachts durch die Straßen von Potsdam zu laufen. Doch hatte »Jean« Riemer übermitteln lassen, er wünsche Bargeld, und dies in möglichst kleinen Scheinen, keine Seriennummern etc., das war klar. Und er solle zu Fuß kommen, allein, und vermeiden, daß der Taxifahrer sich die Adresse merken könne. Eine halbe Million! Beauvoir umklammerte fest den Griff seines Köfferchens und betastete prüfend noch einmal die Pistole in der rechten Seitentasche seiner Lederjacke.

Er beschleunigte seine Schritte, als er in die von Riemer zutreffend als »ziemlich dunkle Schlucht« beschriebene Straße einbog. Er zählte die Hausnummern durch, was bei der dämmerigen Atmosphäre und dem zentimeterdicken Ruß auf den Mauern gar nicht so leicht war.

Als er am Ziel war, drückte Beauvoir die oberste, nicht beschriftete Klingel und wartete ab. Die Haustür war nur angelehnt, sie ließ sich durch leichten Druck öffnen. Ein Signalton als Antwort auf sein Klingeln kam nicht; die als Treffpunkt vereinbarte Wohnung sollte im obersten Stockwerk liegen. Beauvoir betrat den Hausflur. Er war der trübselige Bestandteil eines Wohngebäudes, das offenbar noch aus der Vorkriegszeit stammte. Überall blätterte die graugrüne Lackfarbe von den Wänden, die Stufen der ausgetretenen Holztreppe knarrten entsetzlich. Auf dem obersten Treppenabsatz gab es nur eine Tür, sie enthielt kein Namensschild oder sonstigen Hinweis auf den Wohnungsinhaber. Hier mußte es sein. Eine Schrägdecke zeigte an, daß sich die Wohnung direkt unterhalb des Dachstuhls befinden mußte. Beauvoir klopfte an, von innen hörte er eine Männerstimme rufen:

»Kommen Sie herein, die Tür ist offen.« Beauvoir drückte die Klinke, ein offenbar sehr altes Schmiedestück aus Messing, das sich angenehm kühl anfühlte. Er betrat einen mit Stühlen, Tischen und Regalen völlig übermöblierten Raum, der nur ein kleines Fenster hatte, unter dem eine Chaiselongue stand. Im hinteren Teil rechts knickte der Raum zu einer winzigen Kochnische ab. Beleuchtet wurde das Zimmer nur von einer Lampe, die auf einem Schreibtisch stand, hinter dem sich jetzt eine schmale, weniger als mittelgroße Gestalt erhob. Der dunkelhaarige Mann mit der charakteristischen Narbe auf der linken Gesichtshälfte trat auf Beauvoir zu. So hatte Riemer ihn gesehen und beschrieben, es war »Jean«. »Seien Sie mir willkommen«, sagte der Mann und machte dazu eine höfliche Geste der Begrüßung.

»Möchten Sie sich setzen?«

Beauvoir maß den Wohnungsinhaber mit einem prüfenden Blick.

»Ist das die Behausung eines Mannes, der im ›Sophienclub‹ verkehrt und Champagner bestellt?« fragte Beauvoir, statt die Begrüßungsformel zu erwidern. Der sarkastische Unterton war nicht zu überhören.

»Ach, wissen Sie, das sind reine Sentimentalitäten. Hab' als Student hier einige Jahre gewohnt und das kleine Studiernest später beibehalten. Und heute war mir wieder einmal danach, hier zu sein – mit Ihnen.« Beauvoir legte den Aktenkoffer auf der Chaiselongue ab.

»Wo darf ich mich niederlassen?« Beauvoir hatte immer noch einen leicht ironischen Tonfall in der Stimme. »Jean« schien ihn zu überhören oder bewußt zu ignorieren. Er wies dem späten Besucher einen der beiden schmuddeligen, aber gemütlichen Sessel an. Sie setzten sich.

»Darf ich Ihnen etwas zu trinken anbieten? Ich selber trinke nur selten und wenig Alkohol, aber ich hätte für Sie einen Whisky, den ich extra für diesen Abend besorgt habe ...« Oliver Beauvoir zeigte wenig Lust zu längerem Verweilen, sondern wäre lieber gleich zum Geschäft gekommen. »Jean« hatte bereits eingeschenkt und das Glas seinem Gast über ein Tischchen zugeschoben, das zwischen ihren Sesseln eingeklemmt stand. Der Mann mit der »verwegenen« Narbe lächelte vielsagend. Er schien zutiefst befriedigt, wie der Held eines Theaterstückes, der soeben im letzten Akt seinen Gegner niedergestreckt hat und nun zu einem siegverkündenden Monolog anheben möchte. Beauvoir setzte das Whiskyglas an die Lippen und kippte einen ersten Schluck hinunter. Er räusperte sich. »Jean« schaute ihn, immer noch lächelnd, an:

»Eine interessante Gelegenheit, einem so hartgesottenen Gegner einmal in Person gegenüberzusitzen. Die neuen Zeiten machen es möglich ...«

»Lassen Sie uns zur Sache kommen. Ich will nicht unhöflich erscheinen, aber ...« Beauvoir stand auf, ging zur Chaiselongue und packte den Koffer. Er setzte sich auf seinen Sessel, den Aktenkoffer auf den Knien.

»Ich habe hier das Geld. Haben Sie die Namensliste?«

»Aber sicher«, antwortete »Jean« gleichmütig. »Aber sicher.« Er erhob sich und machte ein paar Schritte zum Schreibtisch, dessen Schublade er eine kleine, in rotes Papier eingeschlagene Kladde entnahm. »Jean« warf das Büchlein mit einer lässigen Armbewegung auf das Tischchen. Beauvoir griff danach. Er sprang auf, wobei der Aktenkoffer krachend zu Boden fiel. Unter der Tischlampe auf dem Schreibtisch schlug er die Kladde – sie erinnerte ihn an eine Mao-Bibel – auf. Er blätterte hektisch in den Seiten herum, sie waren, soweit er das erkennen konnte, über und über mit arabischen Schriftzeichen beschrieben. Beauvoir blickte »Jean« in einer Mischung aus grenzenlosem Erstaunen und kaum unterdrückbarem Entsetzen an:

»Wollen Sie mich auf den Arm nehmen? Was soll dies Arabisch hier?«

»Jean« machte eine beschwichtigende Handbewegung. »Es sind Gebete, *meine* Gebete zu Allah.« Beauvoir ließ sich in den Sessel fallen. Er schnaufte. Bevor er etwas erwidern konnte, nahm »Jean« abermals das Wort.

»Das, was Sie suchen, befindet sich in den Innenseiten der Kladde. Auf Mikrofilm, sorgfältig eingeklebt, aber leicht ablösbar. Dort werden Sie alles finden, was Sie brauchen, um Ihre Auftraggeber zufriedenzustellen.« Es war eine Methode, geheimdienstliches Material zu transportieren, die Beauvoir sehr wohl kannte. Er stieß einen Seufzer der Erleichterung aus.

»Wer garantiert uns, daß es sich um authentisches Material handelt?« fragte Beauvoir. »Jean« lächelte ein zweites Mal, jetzt breiter und offener als zuvor.

»Ich weiß doch, was Ihre ›Firma‹ mit mir machen würde, wenn es sich als Fälschung erweisen würde.«

»Die Tarnung als handgeschriebenes Gebetbuch, noch dazu in arabischer Schrift, ist wirklich gelungen, verdammt noch mal. Sie haben mich für einen Augenblick aus der Fassung gebracht.« Beauvoir nickte anerkennend. Er nahm einen zweiten Schluck aus dem Whiskyglas.

»Und nun zum anderen Teil des Geschäfts. Zeigen Sie mir das Geld«, forderte »Jean« seinen Besucher auf, ohne sich die geringste Gefühlsregung anmerken zu lassen. Beauvoir hob den Koffer auf und reichte ihn über den Tisch.

»Hier, zählen Sie nach, wenn Sie wollen. Sie haben damit die ganze Nacht zu tun. Die Scheine sind nach ihrer Größe sortiert. Von allem etwas, und keine Seriennummern. Wir machen ein reelles Geschäft ...« Der Araber drückte geschickt die Sperriegel der Messingschlösser zur Seite und klappte den Kofferdeckel auf.

»So sieht also eine halbe Million aus. Ich vertraue Ihnen. Wir haben, glaube ich, beide Grund genug, auf Täuschungsmanöver zu verzichten. Ich werde es später zählen und gegebenenfalls den fehlenden Rest bei Ihnen einfordern«, lachte »Jean«.

Beauvoir hatte unterdessen versucht, die Verklebung der Innenseite von »Jeans« Gebetskladde zu lösen. Mit den Fingerspitzen rieb er leicht über das Deckblatt und spürte dabei geringfügige Unebenheiten. Er zog einen sechs bis sieben Zentimeter langen Mikrofilmstreifen hervor. »Jean« sah ihm dabei fast amüsiert zu und sagte:

»Lassen Sie die Filme ruhig dort, wo sie sich befinden. Es sind zehn Stück, sie liegen diagonal in der Kladdeninnenseite, wie ich schon sagte. Es ist alles okay. Die Richtigkeit der Namen und Daten werden Ihre Experten überprüfen. Man wird Sie in München feiern. Glauben Sie mir, Sie haben einen großen Fisch an der Angel.«

»Warum tun Sie das für uns?« fragte Beauvoir unvermittelt. »Das Geld allein kann's doch wohl nicht sein.«

»Also: 500.000 sind nicht zu verachten, wie man in Deutschland so sagt, oder?«

»Wie gut sind Sie mit der deutschen Mentalität vertraut?« gab Beauvoir zurück.

»So gut, daß ich mit ihr leben kann.«

»Ich vermute mal, Sie leben nicht schlecht. Von dem hier mal abgesehen«, Beauvoir machte eine weitgreifende Armbewegung, mit der er den total versifften Raum beschreiben wollte.

»Sie sind Araber ...« »Jean« unterbrach ihn.

»Libyer.«

»Sie beten zu Allah und dienten früher den Kommunisten. Wenn ich es recht sehe, sind sie doch alle Atheisten.«

»Ungläubige«, verbesserte »Jean« seinen Gast. »Aber das berührte mich nicht. Sie hatten das richtige Verhältnis zur Revolution ...«

»Haben wir nicht vor anderthalb Jahren eine Revolution gehabt? Hat Sie das nicht in Ihrem Glauben an die ehemaligen Machthaber der Republik erschüttert?«

»Keineswegs. Das war keine Revolution ...«

»Aber man kann in den neuen Verhältnissen komfortabler leben, finden Sie nicht? Sie genießen es doch wohl auch, wenn ich Sie nicht ganz falsch beurteile ...«

»Natürlich. Das ist unübersehbar. Trotzdem: Wir stehen nicht am Ende aller Tage. Allah hat diese Welt nicht geschaffen, damit wir sie mit übelriechenden Buden übersäen, in denen einem ewig hungrigen Pöbel Hamburger und Pommes frites feilgeboten werden, und auch nicht, um geschminkten Weibern ein Leben im Überfluß zu bereiten, während die Gläubigen im Elend dahindämmern«, ereiferte sich »Jean« zu Beauvoirs grenzenlosem Erstaunen. Sie hatten bis dahin in sachlichem Unterhaltungston gesprochen. Diesen schien der Araber jetzt verlassen zu wollen. Sie blickten einander mit lauernder Miene an.

»Apropos, weshalb gehen Sie in den ›Sophienclub‹, wenn Sie geschminkte Weiber so abgründig hassen?«

»Ich passe mich den Umständen an. Außerdem kann man dort sitzen, ohne selber gesehen zu werden. Die Männer starren doch alle die Weiberärsche an.«

»Das ist auch ein Argument. Sie und Ihresgleichen, haben Sie sich nicht fortwährend selber belogen? Haben Sie nicht die Realität so erfolgreich verdrängt, daß Sie am Ende alle glaubten, Sie hätten es geschafft? Die Leute, an die Sie glauben oder geglaubt haben, haben ein Land zugrunde gerichtet, in 40 Jahren, ohne Krieg. Sie haben es materiell vernichtet und die Seelen der Menschen zerstört. Sie haben die Natur zerstört, die Flüsse und Seen vergiftet, haben Tausende unschuldiger Menschen in Gefängnisse geschleppt und die Angst vor staatlicher Gewalt zum Herrschaftsinstrument gemacht. Ich gebe zu: das war keine wirkliche Revolution, aber in einem anderen Sinne, als Sie das beklagen mögen. Die meisten von Ihnen leben noch, haben komfortable Posten, werden zum Teil gar von den Nachfolgern hofiert oder ausgehalten, und wenn man die Schlimmsten von ihnen straffrei stellt, kriechen sie aus ihren Rattenlöchern hervor und sonnen sich im Lichte der neuen Freiheit ...« Beauvoir redete mit jedem Satz heftiger; den Blick fest auf sein Gegenüber gerichtet, schrie er das letzte Wort in den Raum hinein.

»Pardon, Sie werden beleidigend, mein Freund«, warf »Jean« beinahe amüsiert ein. »Ich glaube, so werden Sie uns nicht verstehen. Die Revolution ist eine ernsthafte Angelegenheit, Bürgerliche werden das wohl nie begreifen.« »Jean« ließ bei der letzten Bemerkung seine rechte Hand auf das Tischchen zwischen ihnen gleiten.

»Wollen Sie noch einen«, fragte er höflich, indem er Beauvoirs Glas faßte und eine Andeutung machte, um nachzuschenken.

»War die Staatssicherheit wirklich nötig?« insistierte Beauvoir. »Kapiere ich von Ihrem Kommunismus denn so wenig, daß ich ihm einmal unterstellt habe, er könne auch ohne Gewalt und Terror seinen Einfluß in entwickelten Industriegesellschaften entfalten?«

»Ich fürchte, Sie verstehen nichts oder doch sehr wenig von Theorie und Praxis des Kommunismus. Die Komintern kam schon 1920 zu der richtigen Erkenntnis, daß Kommunisten unter den herrschenden Verhältnissen kapitalistisch verfaßter Industriestaaten kein Vertrauen zur bürgerlichen

Legalität haben können. Deshalb waren sie verpflichtet – ich wiederhole: verpflichtet –, überall einen parallelen illegalen Organisationsapparat zu schaffen, der im entscheidenden Moment der Partei behilflich sein würde, ihre Pflicht gegenüber der Revolution zu erfüllen. Später haben das dann die Regierungen, die aus Revolutionen hervorgegangen sind, selber besorgt. Schon Lenin hat gesagt, eine Revolution ist nur dann etwas wert, wenn sie sich zu verteidigen versteht.«

»Jean« war zu einem dozierenden Ton übergegangen, der die Unterhaltung in Fluß hielt, ohne sie unnötig zu überhitzen. »Jean« erschien Beauvoir mit jeder Minute merkwürdiger, nicht wirklich bei der Sache zu sein, sondern seine Überlegenheit eher spielerisch einzusetzen, seinen Besucher zu belehren und über Sachverhalte aufzuklären, die ein bürgerlicher Geheimagent unmöglich richtig erfassen und, was noch wichtiger schien, mit den orthodoxen Begriffen würdigen konnte. Bei aller Gegensätzlichkeit ihrer Denkweisen ließen sie dennoch keinerlei Antipathien aufkommen, sondern nahmen sich als Gegner an, die einander schätzten, weil sie sich auf jeweils uneinnehmbaren Posten wähnten.

»Jean« sprach weiter, ohne sich im mindesten darum zu kümmern, wie sein Counterpart auf seine Worte reagieren würde. Er drückte ein solches Gefühl von Souveränität und subtiler Verachtung gegenüber Beauvoir aus, die – hätte es sich bei den beiden Männern um Freunde gehandelt –

als beleidigend hätte ausgelegt werden müssen. Und so dozierte »Jean« weiter, wobei er eine gedankliche Kehrtwendung vornahm, wie Beauvoir trotz nachlassenden Interesses sogleich bemerkte.

»Im Grunde halte ich nicht viel von Revolutionen. Sie haben meist mehr zerstört, als sie aufzubauen in der Lage waren. Nehmen wir nur die Französische, die sogenannte ›Große Revolution‹. Was war ihre nicht vorhersehbare Konsequenz? Das Napoleonische Kaiserreich, dem die Restauration und eine allgemeine Verbürgerlichung des Jahrhunderts folgte. Manche glauben heute noch an die Möglichkeit einer Perpetuierung gerade dieses revolutionären Musters. Doch bei einigen Umbrüchen fließt zuviel Blut, bei anderen zuwenig, an der falschen Stelle oder gar keines ...«

»Da gebe ich Ihnen wiederum recht ...« warf Beauvoir ein, ohne darüber nachzudenken, ob »Jean« denselben Sachverhalt meinte, auf den er in diesem Augenblick zielte.

»Wir wollen das Ganze einmal ohne Leidenschaft und Anteilnahme betrachten: In Rumänien gab es einen Putsch, und die provisorische Regierung liquidierte den kommunistischen Diktator auf der Stelle. Bei den ersten Wahlen siegten die Kommunisten, infolge raffiniert angelegter Manipulation, aber immerhin. Auf den Alleinherrscher stalinistischer Provenienz folgte ein sogenannter Reformkommunist. Ohne Vollstreckung von Todesurteilen vollzogen sich die Umwälzungen in

Osteuropa auf im großen und ganzen vergleichbare Weise. Mal hatte die Straße, hatten die sogenannten friedlichen Demonstranten mehr, mal weniger ihre Hand im Spiel. Die Ergebnisse bleiben letztlich unbefriedigend, weil es an der Durchsetzung der wahren Ziele mangelte. Das Bemerkenswerteste in Rumänien war doch wohl, daß der vorläufige Regierungschef die Exekution von Ceausescu, unmittelbar nachdem sie vorgenommen worden war, gleich wieder bedauerte und öffentlich als Fehler bezeichnete.« Beauvoir schaute sein Gegenüber fragend an.

»Aber Sie waren doch selber an einer Revolution beteiligt beziehungsweise an der Befestigung oder dem Ausbau einer solchen, oder wollen Sie das bestreiten?«

»Ganz recht. Niemand bestreitet das. Ich rede theoretisch, freilich anhand praktischer Modelle. Man sieht überall in der Welt das Versagen der Mächtigen. Ich frage mich: Liegt das an der Inkonsistenz der Ideen oder an menschlichen Unzulänglichkeiten der handelnden Personen?«

»Diese Frage werden wir niemals beantworten können«, meinte Beauvoir, doch eigentlich nur, um darzutun, daß er der Unterhaltung immer noch nicht überdrüssig sei. Gleichwohl erhob er sich und wandte sich zur Tür. »Jean« folgte seinem Beispiel und sagte jetzt statt eines »Auf Wiedersehen«:

»Es gibt etwas anderes als Revolutionen. Aber

auch da sind die Motive der verschiedensten Art, und ihre Effekte nicht minder ...«

Oliver Beauvoir war gerade damit beschäftigt, sich in der Küche des Wandlitzer Hauses eine Tasse Kaffee zuzubereiten, als das Telefon klingelte. Kati!!

»Um Himmels willen, wie geht's dir denn, mein Liebling?« rief Oliver in die Sprechmuschel. »Wo bist du?«

»In Paris ... Ich konnte mich nicht melden, es ist entsetzlich. Stell' dir vor, zwei Kerle treten auf dem Busbahnhof auf mich zu und zerren mich in ihren Wagen. Das war vor einer Woche oder so. Dann haben sie mich nach Kreuzberg in irgendeine dieser Mietskasernen gebracht und dort festgehalten ...« Katlen Oeser schien gegen ihre Erregung anzukämpfen. Oliver sprach beruhigend auf sie ein. Sie ließ ein unterdrücktes Schluchzen hören.

»Ich bin so froh, daß du da bist. Wenigstens kann ich dich hören, weeste? Die haben mich nicht eigentlich schlecht behandelt, aber ich mußte ihnen versprechen, keinen Krawall zu machen. Sie sagten, du seist informiert und würdest was unternehmen, damit ich wieder freikomme. Und schließlich bringt mich einer von beiden zum Flughafen und fliegt mit mir nach Paris. Dort setzt mich der Taxifahrer an einer Pension ab, wo mich eine biestige Alte in Empfang nimmt und in einem der kleinen Zimmer im zweiten Stockwerk einsperrt. Ich bekomme jeden Tag etwas zu essen und alles

Notwendige, aber ich darf nicht ans Telefon und mit niemandem sprechen.«

»Hast du denn nicht verlangt, daß man dich freiläßt, hast du nicht mit der Polizei gedroht?«

»Ja, wie denn: Ich kann doch kein Wort Französisch!«

»Ach, Gott ja, daran habe ich nicht gedacht, verzeih'. Und wo bist du im Augenblick?«

»In einer Telefonzelle. Der Wirt in einer Kneipe nebenan hat mir ein paar Franken gegeben; ich gestikuliere vor ihm, wie man eben am Telefon miteinander spricht, und da hat er verstanden; ich halte die Hand auf, und er gibt mir ein bißchen Kleingeld ...«

»Und wie bist du aus dem Haus gekommen?«

»Der Sohn der Alten. Bringt mir jeden Tag das Essen und glotzt mich mit Stielaugen an. Will mit mir pennen, denke ich und lächle ihn ein paarmal an. Daraufhin kommt er heute morgen und verläßt mit mir in aller Seelenruhe die Pension. Die Alte ist einkaufen oder sonstwo, und da habe ich die Gelegenheit ergriffen, abzuhauen. Als wir draußen sind, schreie ich laut um Hilfe, natürlich versteht mich keiner, aber der Schrei hat ihm Angst eingejagt, die Leute drehen sich nach ihm um, und in diesem Moment renne ich los ...«

»Du, paß jetzt gut auf. Sieh zu, daß du in die deutsche Botschaft kommst, steig einfach in ein Taxi und sage ›Ambassade d'Allemagne‹. Hast du noch Kleingeld fürs Telefon? Ich wiederhole: ›Ambassade d'Allemanje‹, verstehst du?«

»Ja, ich versuch's.«

»Und dort wird man dir helfen. Du bekommst Geld und ein Ticket. Flieg nach Köln/Bonn, und dann mit dem Taxi zu meiner Wohnung. Du hast ja die Adresse. Der Schlüssel ist bei der Nachbarin, bei der Jansen, hörst du?«

»Ich glaube, wir müssen Schluß machen. Hab' keine Münzen mehr ...«

»Also auf bald, ich komme nach!«

Das Leben ist eine Chronik der Mißverständnisse. Damit nicht passiert, was so häufig vorkommt, wenn nicht alle Beteiligten gleich kapieren, worum es sich handelt, ruft Oliver sofort nach dem befreienden Telefonat mit Katlen die Konsularabteilung der deutschen Botschaft in der französischen Hauptstadt an. Er bittet den zuständigen Beamten eindringlich, die zu erwartende Besucherin freundlich und schonend zu behandeln und ihr zu einem Flugticket zu verhelfen und natürlich etwas Geld zu geben. Abrechnung später durch ihn. Keine Fragen, keine Polizei, kein Ausfüllen von Formularen etc. Den Personalausweis wird man ihr weggenommen haben, also auch da keine Nachforschungen, bitte. Beauvoir hinterläßt seine Telefonnummer – für alle Fälle – und gibt seine Dienststelle an. Wie heißt es doch schon bei einem Dichter der Renaissance? »Denn wer ertrüge den Übermut der Ämter und die Schmach, die Unwert schweigendem Verdienst erweist ...« Na ja, so schlimm wird's nicht werden, denkt Beauvoir und legt, in zweifacher Hinsicht erleichtert, den Hörer auf. Vielleicht noch 24 oder ein paar Stunden mehr, und sie werden wieder vereint sein.

Bevor Beauvoir die Mikrofilme am vereinbarten Ort in Berlin übergibt, will er noch einige Telefonate erledigen. Das Material von »Jean« ist mit 500.000 Mark großzügig bezahlt, vielleicht aber – so hat man beim Verfassungsschutz und beim BND kalkuliert – ist diese spekulative Transaktion den deutschen Steuerzahlern letztlich ein Vielfaches wert. Die Terrorfahndung verschlingt seit einem Jahrzehnt Unsummen; als Konsequenz der Verfolgung von Schwerkriminalität mit internationalen Verbindungen wird das Bundeskriminalamt in Wiesbaden als Steuerungszentrale zu einem der modernsten Apparate dieser Art in der Welt ausgebaut und in seinen technischen Einrichtungen verfeinert. Beauvoir sucht nach der Telefonnummer von Georg Weiß, dem vormaligen Leiter des Ostberliner Büros des Hamburger Nachrichtenmagazins »DER SPIEGEL«. Wenn die elektronischen Medien, zumal das Fernsehen, die politischen Umwälzungen in Osteuropa, insonderheit in der ehemaligen DDR, gefördert und beschleunigt haben, so gebührt dem »SPIEGEL« der Ruhm, die deutsche Intelligenzija über das vertrackte Innenleben des einstigen »Arbeiter- und Bauern-Paradieses« lückenlos aufgeklärt zu haben.

Bereits gegen Ende der siebziger Jahre machte

die Veröffentlichung eines umfangreichen Positionspapiers oppositioneller, doch bis dahin gänzlich unbekannter Gruppen in Brandenburg, Thüringen und Sachsen die Deutschen auf ein Phänomen aufmerksam, das man für ein Phantom gehalten hatte: Es gab im Untergrund Widerstand gegen die rote Diktatur. Die Publikation des Nachrichtenmagazins ging als »SPIEGEL«-Manifest in die Zeitgeschichte ein. Erst zehn Jahre später konnte man einen Vergleich mit den Ideen der DDR-Reformer ziehen und erkennen, daß sie bereits im »Manifest« dokumentiert waren. Die SED-Machthaber reagierten auf die sensationelle Veröffentlichung auf eine Weise, die für Diktaturen typisch ist: Sie verfügten die Schließung des Korrespondentenbüros und jagten Georg Weiß aus dem Lande. Die Informationen, die sein Blatt nach der Wende liefert, sind nicht minder aufschlußreich. Die Geschichte der Staatssicherheit wird schonungslos aufgezeichnet; es kommen Woche für Woche neue, erschreckende Tatsachen ans Licht. Daß der international gesuchte Terrorist »Carlos« sich in der DDR aufgehalten habe, ist bis dahin noch eine unbestätigte Mutmaßung; sie wird später anhand eindeutiger Aussagen ehemaliger Spitzenfunktionäre der Stasi bewiesen. Aufgedeckt werden die Zusammenhänge zwischen der Staatssicherheit und gesuchten Schwerverbrechern der deutschen Terrorszene. Es kommt zu einer beispiellosen Verhaftungsserie. Die Presse bringt Belege dafür, daß eine seit anderthalb Jahrzehnten gesuchte Terroristin mit Hilfe von Stasi-Agenten im Nahen Osten gezielt in der Öffentlichkeit vorgeführt wird, um auf diese Weise vorzutäuschen, man müsse die deutschen Terroristen in der arabischen Welt suchen, wiewohl sie längst – mit neuen Identitäten ausgestattet – ein Scheindasein als friedfertige DDR-Bürger fristen. Schließlich wird die Vermutung geäußert, die deutschen Sicherheitsbehörden hätten spätestens seit Mitte der achtziger Jahre über Informationen verfügt, daß deutsche Terroristen in der DDR lebten. Die offiziellen Dementis, die Bonn daraufhin abgibt, besitzen kaum Überzeugungskraft und gehen in den Medien unter. Hartnäckig hält sich die Vermutung, die konservativ-liberale Koalition habe in ihrem Bestreben, die sogenannte Entspannungspolitik nicht zu gefährden, gleich ihrer sozialliberalen Vorgängerin die greifbaren Hinweise von DDR-Übersiedlern nicht genutzt und statt dessen lieber geschwiegen.

Georg Weiß, der nach dem Wechsel von Berlin in die Zentrale des Nachrichtenmagazins das Ressort »Deutschland II« leitet, weiß offenbar nichts über die Spuren, die der Bundesnachrichtendienst in München-Pullach gemeinsam mit den Sicherheitsbehörden in diesen Wochen aufzuklären versucht. Beauvoir spricht mit dem Kollegen über Belanglosigkeiten, beiläufig aber auch über das jüngste Attentat auf den Innen-Staatssekretär Meisel. Auch über Theodor Gayser, der einem Anschlag zum Opfer gefallen ist und dessen Mörder noch nicht gefaßt sind. Es beruhigt ihn, daß bis zu diesem Zeitpunkt noch nichts durchgesickert ist. Wenn ein Journalist bereits etwas in Erfahrung gebracht hätte, wäre es Georg Weiß. Die beiden Männer vertrauen einander, in ihrer gemeinsamen Berliner Zeit haben sie sich immer wieder Informationen zugesteckt, die für die eine wie die andere Seite des Geschäfts von Nutzen waren. Aber Weiß scheint ahnungslos, und das ist in diesem Falle auch gut so. Beauvoir wird sein Wissen für sich behalten und auch Jagemann nichts davon verraten, daß man beim »SPIEGEL« im dunkeln tappt.

16

»Eine Sächsin in Paris, eine Sächsin in der Lichterstadt, auf dem Montmartre, den Champs Élysées«, Oliver faßte Katlen um die Hüfte, drückte sie an sich und konnte ein sattes Lachen kaum unterdrücken. »Ach, das ist verdammt köstlich, das ist großartig – und vor allem: daß du wieder bei mir bist!«

»Daß wir zusammen sind«, antwortete Katlen warm und bog ihren Kopf zu Olivers Gesicht, um ihn zu küssen. Ihre Lippen suchten einander zu einem langen, innigen Kuß. Katlen war die erste, die sich aus der Umarmung befreite. Sie blickte Oliver vorwurfsvoll-amüsiert an.

»Aber da war ich doch überall gar nicht«, sagte sie in etwas komischem Deutsch. Sie hatte sich einmal als »weltfreundlich« bezeichnet, ein Wort, das ihr offenbar in einem unbewußt sprachschöpferischen Anfall über die Lippen gekommen war. Ein schönes Wort, und es paßte zu ihr. Diese Naivität ist vom Köstlichsten, dachte Oliver. Sie hatten einander wieder. Das war die Hauptsache. Er fühlte sich unendlich erleichtert. Sie glaubte dagegen, er mache sich über sie lustig. »Verzeih' mir, Liebes. Ich habe solchen Spaß bei dem Gedanken, daß du endlich einmal in Paris warst, meiner Stadt, wo ich mich genauso wie in Bonn oder Berlin zu Hause fühle. Wenn es auch ein Zwangsaufenthalt für dich war, tut mir leid.«

»Du bist reichlich albern«, mokierte sich Kati. Sie führte ihn zum Sofaeck. Seine Wohnung war die eines Junggesellen, vollgestopft mit Büchern und Bildern, Getränketischchen, Regalen und einer Kochnische, die selbst einem Stadtstreicher unzureichend vorgekommen wäre. Aber sie würden beide bequem Platz finden und die Wonnen unbeschwerter Zweisamkeit genießen. Die großen Fenster zur Balkonseite ließen viel Licht in den Wohnraum; es reflektierte auf den großflächigen Drucken und Postern, die er unter Glas gerahmt hatte.

Sie tranken einen Kaffee, den Katlen eilig in der kleinen Küche bereitet hatte, während Oliver seine Reisetasche in einem Kabuff neben dem Arbeitszimmer abgestellt hatte. Dann betraten sie schweigend, ja beinahe andächtig das Schlafzimmer. Oliver schoß einen Slipper in die nächste Ecke, befreite sich von Polohemd und Hose, während Kati ihr T-Shirt abstreifte und sich aus den Jeans schälte. Das geschah in weniger als zehn Sekunden. Oliver kniete vor ihr nieder und schaute an ihrem nackten Körper hoch, küßte ihre Schenkel und den Flaum ihrer Schamhaare. Dann richtete er sich fast abrupt wieder auf und drückte sie in Richtung Bett, indem er mit der rechten Hand auf eine ihrer Pobacken faßte. Kati legte sich rücklings auf die Kissen und schaute ihn aus ihren dunklen Augen an.

»Du hast noch deinen Slip an«, sagte sie mit belegter Stimme. Oliver streifte ihn ab und ging auf den verlangend ausgestreckten Frauenleib zu.

Sie liebten sich und waren danach sehr hungrig. Kaffee war so ungefähr das einzige, was Beauvoir in seiner Küche an Eß- beziehungsweise Trinkbarem zurückgelassen hatte. Im Kühlschrank befanden sich lediglich ein verschimmelter Käse, ranzige Butter und ein mittlerweile steinharter Salamizipfel.

»Wir gehen heute abend essen«, entschied Oliver kurzerhand. »Es wird uns wohl nichts anderes übrigbleiben, du Komiker«, lachte Katlen hell auf.

Beim Essen im Poppelsdorfer »Palermo« berichtete Oliver in knappen Umrissen, daß und weshalb seine Arbeit in Berlin beendet sei. Sie könnten nun gemeinsam Pläne machen. Und dann erzählte er Katlen von Meyers Selbstmord. Ihre Reaktion schwankte zwischen ungläubigem Entsetzen und offensichtlich tiefer Rührung, vor allem als Oliver Meyers Abschiedsbrief erwähnte. Sie brachen in bedrückter Stimmung auf und machten sich auf den Heimweg. »Vielleicht hätte ich ihr das alles nicht im Restaurant erzählen sollen«, machte sich Oliver Vorwürfe. Aber irgendwann hätte er es sagen müssen; ihr fehlten fast zwei Wochen im Kalender, die mußten sie nun kurz aufarbeiten, daran ging kein Weg vorbei.

Sie sprachen nur wenig an diesem Abend. Katlen legte sich auf eines der beiden Sofas, ein Kissen unter den Nacken geklemmt, und sah anscheinend teilnahmslos dem TV-Programm zu. Oliver griff eine Flasche aus seinem Whiskyvorrat und trank ohne Begeisterung zwei oder drei Glas von seinem Glenkinchie. Sobald er bemerkte, daß Katlen eingenickt war, stellte er den Fernseher aus und hing seinen Gedanken nach. Nach Paris zu gehen und Katlen allein zu lassen, nach Leipzig zurückzuschicken, das ging nicht mehr. Soviel war ihm klar. Ob Katlen genauso dachte wie er? Das war noch nicht entschieden, darüber war noch kein Wort gefallen ... Für Katlen Oeser würde ein Wechsel ins Ausland eine gewaltige Umstellung bedeuten, ihr Leben von Grund auf verändern, möglicherweise ihre Anpassungsfähigkeit überfordern. Sie besaß von der französischen Sprache keinen Schimmer und würde sich in der ersten Zeit nur schwer zurechtfinden. Obwohl ihm deutlich vor Augen stand, daß er in diesem Moment ihr künftiges Leben zu verplanen begann, war ihm doch auch klar, daß sie sich nicht mehr trennen würden. Keine Frau vor ihr hatte in ihm Gefühle geweckt wie Kati. Während er seinem Job in Berlin nachging, erschien sie ihm im zwei Autostunden entfernten Leipzig wie auf einem anderen Stern. Ihre Briefe bewahrte er seit Jahren als die skurrilsten Bekundungen schrankenloser Zuneigung und Hingabe auf, gleich bigotten Devotionalien – »zeugest mir, daß ich geliebt bin, sei das Liebchen noch so fern«, wie es in einem Mondgedicht des Weimarer Olymiers heißt.

Am anderen Morgen traf ein Brief von Guido Riemer ein. Er schilderte ihm die Zustände in der

Hauptstadt, die jetzt – wie seinerzeit die »kleine Stadt am Rhein« – in einer Phase des Provisoriums steckte. Streiks und Demonstrationen seien an der Tagesordnung, schrieb der Freund; soeben war eine Demo anläßlich einer Feriensitzung des innenpolitischen Ausschusses des Parlaments gewaltsam aufgelöst worden. In einem Anflug von Zynismus bezeichnete Riemer an dieser Stelle seines ausführlichen Briefes die Situation der Stadt »vor der Wende als geradezu gemütlich, wo nicht gar behaglich«. Das Viertel rund um den Reichstag würde mit schöner Regelmäßigkeit von Polizeikräften abgesperrt, gelegentlich nahezu hermetisch abgeriegelt. Durchzukommen sei nur mit Sonderausweisen. Das hätten sich, so wiederum Guido Riemer in seinen Betrachtungen zum Zeitgeschehen, »die Berlin-Befürworter in ihren schwärzesten Träumen nicht ausmalen wollen«. Beauvoir las diese Passagen mit unwillkürlich zustimmendem Lächeln. Die beiden Freunde waren da einer Meinung. »Jean« sei nicht mehr im »Sophienclub« aufgetaucht, nachdem es zur Begegnung mit Beauvoir gekommen war. Gerüchte sprächen davon, er habe sich ins Ausland abgesetzt, mit einer halben Million in der Tasche kein Wunder ... Wenn sie sich je wiedersehen würden, was er – Guido Riemer – »doch schwer hoffe«, werde es in Weimar sein, denn er kehre in diesen Tagen dorthin zurück. Vielleicht werde er seine »Neue« bald heiraten. »Grün« sei ja immer noch nicht ganz out, frotzelte Riemer am Ende seiner Zeilen sich selber an.

Die Ruhe, die über dem Venusberg lag, die Behaglichkeit seiner von sattem Grün umgebenen Wohnhäuser und die Stille in den Seitenstraßen links und rechts des Haager Weges mochten die Abgeschiedenheit eines Kurortes vortäuschen. Bonn war noch beschaulicher und provinzieller geworden, seit das Parlament zunehmend in Berlin zu tagen begonnen und ein Teil der Administration »Zweigstellen« am künftigen Regierungssitz errichtet hatte. Doch der über dieser »grünen Lunge« der Bundeshauptstadt herrschende Friede war in der Vergangenheit immer wieder jäh gestört worden. Im Jahre 1987 war vor einem Wohnhaus an einer jener idyllischen Nebenstraßen der Abteilungsleiter im Auswärtigen Amt, Gerold von Braunmühl, von Terroristen brutal ermordet worden. Unterdessen aber war die Beamtenstadt längst wieder in ihren wohligen Schlaf verfallen; der Magnet Berlin beließ Bonn nur mehr die bescheidene Rolle einer Stadt der Studenten und Pensionäre.

Oliver faßte Katlen um die Taille und zog sie sanft an sich. Sie traten aus dem Schatten der Bäume, welche die »Waldau« säumen, und schlenderten wie Urlauber auf das kleine Geschäftsviertel auf dem Venusberg zu. Es war einer jener milden Sommernachmittage, wie man sie oberhalb der Bonner

Dunstglocke im Rheintal kennt. Keine Treibhausatmosphäre, wie sie für Bonn in der Mitte des Jahres sonst kennzeichnend ist, sondern allenthalben die klare, staubfreie Luft eines Tages, an dem das Thermometer nicht über 23 Grad Celsius klettert.

Beim Bäcker kauften sie ein Stangenbrot, beim Metzger Salami und Pastete, in einem kleinen Tabakladen eine Stange Zigaretten. Zwischendurch erging sich Oliver aufmerksam als Fremdenführer, erklärte seiner Begleiterin, wer in diesem und jenem Hause wohne, ob es Freunde seien oder nur Leute der Bonner Behörden, die er vom Telefon her kenne, erwähnte den Fall Braunmühl und daß sich »ganz in der Nähe« das Gästehaus der Bundesregierung befinde. Er hatte offenbar Freude an seiner Rolle und genoß es, daß Katlen ihm gleichmütig zuhörte. Sie benahmen sich wie ein altes Ehepaar, und für ein solches mochte man sie auch halten, als sie – an der letzten Station ihres Rundgangs durch Olivers Wohnviertel – in einem Blumengeschäft an der Ferdinandstraße einen Strauß gelbe Rosen und Iris kauften.

Sie sprachen nicht viel miteinander, sondern gaben sich Zeichen durch ein Drücken der Hände oder ein leichtes Anstoßen mit den Oberschenkeln. Katlen sagte kaum ein Wort, sondern schien mit ihren Augen mehr aufnehmen zu wollen, als die weitschweifigen Stadtführer-Hinweise ihres Begleiters hätten sagen können. Nur in den Läden gab sie hin und wieder ihren Kommentar zu den kleinen Einkäufen ab. Erst vor ihrem Hause sagte sie, während Oliver den Schlüssel hervorkramte, mit einem bestimmten, entschlossenen Unterton, als sei dies lange und reiflich erwogen:

»Wenn du es wirklich willst, dann komme ich mit nach Paris. Ich bin jetzt fest entschlossen.«

17

»Also, wenn Sie mich fragen, sage ich Ihnen, Sie sollten diese Reise aus Ihrem Terminkalender streichen. Aber Sie fragen mich natürlich nicht.« Professor Berthold, Chef der Inneren Abteilung der Bonner Universitätsklinik, atmete hörbar durch die Nasenflügel. Sein Gesicht drückte höchste Unzufriedenheit aus.

»Nein, ich frage Sie natürlich nicht.« Der Präsident des Deutschen Bundestages antwortete mit unterkühlter Bestimmtheit, nicht unhöflich, doch mit einer gewissen preußischen Strenge, in die er einen Anflug von Ironie mischte. Emanuel Luther, kaum 52 Jahre alt, von auffallend schmächtiger, knochiger Gestalt, mit graumeliertem Kinnbart, das schmale Gesicht zu einem Drittel von einer Brille bedeckt, nahm vorsichtig tastend auf dem kleinen, zweisitzigen Sofa in Bertholds Ordinationszimmer Platz. Der Internist zog einen Stuhl heran, pflanzte sich vor seinem Patienten auf und schien alle Anstalten zu machen, ihm noch einmal nachdrücklich ins Gewissen zu reden. Der Gesundheitscheck, der in Bertholds Abteilung soeben vorgenommen worden war, hatte ein für den prominenten Patienten deprimierendes Ergebnis gezeitigt. Luther war stark untergewichtig, hatte einen labilen Kreislauf und – die Diagnose war für Berthold eindeutig – zeigte Anzeichen sich voraussichtlich verschlimmernder

Herzrhythmusstörungen. Das tropische Klima, das den Bundestagspräsidenten auf seiner bevorstehenden Flugreise nach Djakarta erwartete, konnte für ihn verheerende Folgen haben.

»Ich will nicht unhöflich sein, aber ich wäre vermutlich nicht zu Ihnen gekommen, wenn meine Frau mir dazu nicht dringend geraten hätte. Sie sehen also, daß es keinen Zweck hat, mich von dem abzuhalten, was jetzt meine Amtspflicht ist.« Luther machte eine Bewegung mit dem rechten Arm, als wolle er alle ihm angebotene Hilfe, Medikamente und ärztliche Handreichungen vom Tisch fegen.

»Sie verstehen, Herr Präsident, daß ich jede Verantwortung ablehnen muß, falls Sie auf Ihrer Reise einen Kollaps erleiden – oder Schlimmeres. Sie haben sich offenbar in den letzten Monaten zuviel zugemutet. Ihr Herz ist schwach, das Elektrokardiogramm spricht eine unmißverständliche Sprache. Ich kann nur meine dringende Bitte wiederholen, sich Schonung aufzuerlegen. Sonst ...«

»Sie haben recht: Leistungssportler bin ich nicht. Aber mit meiner Kondition bin ich immer klargekommen. Bin ein paarmal zusammengeklappt, aber mit einigen Vitaminspritzen wieder auf die Beine gekommen.«

»Lassen Sie mich doch reisen, wollte immer schon mal nach Indonesien«, versuchte Berthold einen Scherz zu machen. Emanuel Luther fand das überhaupt nicht komisch. Er verzog sein Gesicht zu einer säuerlichen Miene.

»Wenn Sie glauben, mit meiner Parlamentsdelegation zurechtzukommen, bitte. Als Mediziner möchte ich Sie allerdings nicht dabeihaben. Sie würden mir doch ständig den Puls fühlen oder Ärgeres anrichten. Ich tauge nicht dazu, untätig im Bett herumzuliegen und mich von Krankenschwestern traktieren zu lassen ...«

»Aber ein Arzt ist bei Ihnen, ich meine auf der Reise nach Djakarta?« fragte Berthold jetzt wieder im professionell besorgten Medizinerton.

»Ja, natürlich. Meine Delegation ist komplett. Sie brauchen sich nicht zu sorgen. Halten Sie mich auch bitte nicht für einen Querulanten. Ich bin im übrigen überzeugt von den Leistungen und Fähigkeiten der Medizin, aber ich glaube auch an den Willen, sich über Momente körperlicher Schwäche hinwegsetzen zu können.«

»Es bedarf keiner Entschuldigung, Herr Präsident«, meinte Berthold beschwichtigend. »Ich tue auch nur meine Pflicht.«

»Das war nicht als Entschuldigung gemeint«, verbesserte Luther den Chefarzt. »Ich wollte Ihnen gegenüber nur zum Ausdruck bringen, wie sehr mir an der Reise liegt. Wissen Sie, es ist das erste Mal, daß ich als Parlamentarier an einer internationalen Konferenz teilnehme, bei der ich mit Vertretern von Gesetzgebungsorganen aus aller Welt zusammenkommen darf. Für jemanden, der gezwungen war, 40 Jahre lang in einem Unrechtsstaat zu leben, ist es ein gewaltiges Ereignis, ein freies, geeintes Deutschland in der Interparlamentarischen Union zu repräsentieren. Ich verspreche Ihnen, unbeschädigt nach Bonn zurückzukehren.« Der Präsident erhob sich und reichte Professor Berthold die Hand zum Abschied.

»Kein Wort zu meiner Frau, wenigstens vorerst nicht. Ich werde ihr nach meiner Rückkehr, wenn's denn sein muß, erklären, was mit mir los ist.«

»Wir haben Schweigepflicht. Wir brechen sie nur, wenn Sie es ausdrücklich wünschen.«

»Das ist gut so. Auf Wiedersehen, mein Lieber.« Der Bundestagspräsident wandte sich zum Gehen. Berthold begleitete den Parlamentspräsidenten noch bis zur Pforte, wo bereits Brinkmann, der Fahrer des Präsidenten, und der mit vier Mann besetzte Begleitwagen der Sicherheitsgruppe Bonn auf ihn warteten.

Die Robert-Koch-Straße, vom Venusberg hinab in Richtung Innenstadt, war in den frühen Abendstunden nur mäßig befahren. Luther schaute auf seine Armbanduhr, nachdem er seinen Dienstmercedes bestiegen und im Fond des Wagens Platz genommen hatte. Es war 19.45 Uhr, noch gerade Zeit genug, seinen persönlichen Referenten, der wenige Autominuten vom Klinikum entfernt wohnte, aufzunehmen und dann auf direktem Wege zum Flughafen Köln/Bonn, militärischer Teil, zu fahren. Der Start der Maschine des Bundestagspräsidenten und seiner Begleitung war für 20.30 Uhr vorgesehen; er mochte die Kollegen der

Parlamentsfraktionen nicht warten lassen und bat deshalb Brinkmann, aufs Gaspedal zu drücken. Währenddessen überdachte Emanuel Luther in Eile noch einmal den zurückliegenden Tag. Die Feriensondersitzung des CDU-Präsidiums erschien ihm im ganzen erfolgreicher, als er gehofft hatte. Vor allem verspürte Luther den wachsenden Einfluß, den die Vertreter des sogenannten Ostflügels seiner Partei innerhalb der Union binnen einem knappen Jahr auszuüben begannen. Ihm, der nach den ersten freien Wahlen in der DDR für acht Monate die andere Republik als Ministerpräsident über die Runden gebracht hatte, war immer noch an einer ephemeren Eigenständigkeit seiner einstigen Parteigruppierung gelegen. Mochten die meisten in der CDU auch darüber ihren Spott ausgießen, konnten sie wenigstens ihm einen gewissen Respekt nicht versagen. Er war protokollarisch der zweite Mann im Staate; sie hatten erreicht, was nur irgend erreicht werden konnte. Der Kanzler und CDU-Chef verhielt sich ihm gegenüber fair. Sie waren bis zur Unkenntlichkeit verschieden, in ihren praktischen Zielen jedoch leichter auf einen Nenner zu bringen, als Übelwollende sich wünschen mochten.

Sie bogen in den Nachtigallenweg ein, nach dessen ersten 200 Metern das letzte Haus, das Luthers Referent Dr. Schröder mit seiner Familie bewohnte, an landwirtschaftliches Gebiet grenzte. An diesem Ort konnten die beiden Wagen des Präsidenten ohne Parkplatzprobleme vorfahren, wenden und einen weiteren Mitreisenden aufnehmen. Nur im Rhythmus einer halben Stunde mochte ein Jogger, von der nahegelegenen Sportschule herabkommend, oder ein Spaziergänger den Nachtigallenweg benutzen. Sie hielten an. Zunächst hatte Luthers Fahrer nicht bemerkt, daß sie in diesem Augenblick vor Schröders Haus, das sich halb hinter hohen Tannen verbarg, nicht allein waren. Brinkmann stieß einen Schrei aus, der ihm sofort im Halse steckenblieb. Ein Fahrzeug parkte etwa zwanzig Meter von der Stelle entfernt, an der er den Präsidenten-Mercedes zum Stehen gebracht hatte. Vier, nein fünf Männer sprangen aus dem unbekannten Fahrzeug und rannten auf den Begleitwagen mit den Sicherheitsbeamten zu. Brinkmann drehte sich entsetzt um, während Luther wie elektrisiert von einer Akte aufblickte, die er gerade durchsehen wollte. Die Männer in Jacketts, wie sie auch die Polizeileute der Bonner Sicherheitsgruppe tragen, hatten Handfeuerwaffen im Anschlag. Sie waren jetzt bei dem Begleitfahrzeug, rissen die Türen auf und schossen ins Innere. Brinkmann konnte nur dumpfe Laute vernehmen, weil die Fenster des gepanzerten Wagens geschlossen waren. Als er sich anschickte, seine Tür zu entriegeln, wurde die Wagentür hinter ihm von einem der Männer aufgerissen. Emanuel Luther starrte den Fremden an, der sich unverzüglich auf den leeren Sitz neben dem Präsidenten schwang.

»Fahren Sie los, Mann. Schnell, wir haben keine

Zeit zu verlieren. Zurück auf den Venusberg. Ich sage Ihnen dann, wie's weitergeht.«

Brinkmann zögerte keine Sekunde, der in scharfem Ton ausgestoßenen Aufforderung Folge zu leisten. Seine ganze Nervenkraft zusammennehmend, ohne nach links oder rechts zu blicken, die Augen konzentriert nach vorne gerichtet, chauffierte er den schweren Wagen in Richtung Robert-Koch-Straße, von der sie kaum eine Minute zuvor in den Nachtigallenweg eingebogen waren. Ein Kontrollblick in den Rückspiegel überzeugte Brinkmann davon, daß ein Begleitfahrzeug dem Präsidentenwagen folgte, in Typ, Farbe und Ausstattung – bis hin zum Nummernschild – ihrem eigenen Sicherheits-Pkw wie ein Ei dem anderen gleichend. Eine Doublette, verdammte Bande! »Wir sind in der Falle.« Wie oft hatte er mit seinen Kollegen über die Möglichkeit eines Überfalls diskutiert, wie oft den unseligen Gedanken als reine Schimäre ohne reale Bedeutung verworfen! Jetzt saßen sie selber drin. Der Bundestagspräsident und sein Fahrer! Die Sicherheitsbeamten mußten tot sein. Anderes war nicht denkbar. Er hatte die beiden Fahrzeuge in einer schrecklichen Sekunde erkannt und miteinander verglichen. In jenem Augenblick wußte Brinkmann, was los war.

Der Hals trocknete dem fast 60jährigen aus; es vergingen Minuten peinigender Stille im Wageninnern, bis Brinkmann den Kreisverkehr am Ende der Robert-Koch-Straße erreicht hatte und ihr ungebetener Fahrgast den Befehl gab, in den Haager

Weg einzubiegen. Brinkmann war mit dem Verkehrsbild des Venusberges bestens vertraut. Er war geborener Bonner und fühlte sich in nahezu allen Bezirken der Bundeshauptstadt wie zu Hause. Der Mann, der neben Präsident Luther im Fond des Mercedes seinen Platz erzwungen hatte, drängte unentwegt zur Eile. Ungeduldig stieß er ein wütendes »Geben Sie doch endlich Gas!« aus, was auf Brinkmann seltsamerweise nicht den geringsten Eindruck machte, sondern ihn lediglich veranlaßte, sich trotz der ungewöhnlichen Umstände in professioneller Disziplin dem Verkehrsfluß anzupassen. Luther hatte immer noch seinen Blick auf den Nebenmann gerichtet, in einer Mischung aus Entsetzen und Befremden angesichts des weniger brutalen, als vielmehr an militärisches Command erinnernden Verhaltens des Hijackers. Der Christdemokrat verfügte über gerade soviel Gottvertrauen, um wegen des offenbar in blutigem Ernst durchgeführten Überfalls nicht in Panik zu verfallen. Präsident Emanuel Luther verhielt sich infolgedessen ruhig, jedenfalls sagte er kein Wort, sondern verfolgte abwechselnd die Bewegungen des Fremden wie die seines Fahrers Brinkmann, der zum Glück keinerlei Anzeichen von Beunruhigung erkennen ließ.

Die nächsten Befehle des Fremden kamen nach dem Rhythmus der Straßenbiegungen und Abzweigungen in Stakkatoton, hämmernd und gleichmäßig. Die Flucht, die im Nachtigallenweg begonnen hatte, war augenscheinlich bis ins Detail geplant. Es gab kein Entrinnen, keinen Fehler im minuziös recherchierten Ablauf: Venusberg-Viertel, Gudenauer Weg, »Katzenloch«, Rechtseinbiegung zur Reichsstraße/Provinzialstraße, dann nach links auf den Adenauer-Damm. Luther und Brinkmann überlegten einen Augenblick lang, wohin die Fahrt gehen solle, wagten aber ihren Entführer nicht zu fragen. Es mochten etwa sechs oder sieben Minuten verstrichen sein, als die beiden Wagen auf der Höhe Brüser Berg an einer Ampelkreuzung halten mußten. Nach weiteren 500 Metern befahl der Fremde, nach rechts einzubiegen. Luther erfaßte noch gerade das Hinweisschild »Bundesminister der Verteidigung«, als sie auch schon auf die Hardthöhe zusteuerten. War das Ganze etwa ein blutiger, grausiger Scherz, ein Abenteuer mit einem raschen, apokalyptischen Ende? ging es Luther blitzschnell durch den Kopf.

Der Fremde, jetzt in eisiger Anspannung, die nach außen als Ruhe und Gleichmut getarnt war, sagte zu Brinkmann: »Fahren Sie vor, wir werden dem Generalinspekteur einen Besuch abstatten. Wir sind angemeldet. Sagen Sie das dem Wachhabenden, der Sie ansprechen wird. Und dann fahren Sie gleich durch – aber zum Ministerbungalow. Ich hoffe, Sie kennen sich auf dem Gelände aus.«

Brinkmann konnte nur mit größter Mühe verbergen, daß er völlig konsterniert war. »Die müssen verrückt sein, vollkommen verrückt«, durchfuhr es ihn. Die Wache am Haupteingang zum Ministeriumsbereich war zu dieser Stunde nur noch mit zwei Zivilbeamten besetzt. Einer von ihnen trat an den Präsidentenwagen heran; seinem Gesichtsausdruck waren Verwunderung und Verwirrung anzumerken, als er im Wageninnern den Parlamentspräsidenten entdeckte. Brinkmann zeigte seinen Dienstausweis und bat mit sicherer Stimme, durchgelassen zu werden. Der Wachhabende warf einen stummen Blick auf den Ausweis und wandte sich, immer noch wortlos, zurück zum Wachhäuschen. Endlich sagte er: »In Ordnung, ich werde Sie anmelden.«

»Los, fahren Sie weiter«, zischelte der Fremde Brinkmann von hinten zu, nachdem der Wachhabende hinter der Glastür verschwunden war. Brinkmann gehorchte. Nach gut 50 Metern bog er nach rechts ab. Der Ministerbungalow, auf einem durch einen Metallzaun gesicherten, rund 4000 Quadratmeter großen Gelände hinter dem Offizierskasino gelegen, gilt als praktisch uneinnehmbare Festung innerhalb der Hardthöhe, dem Sitz des deutschen Verteidigungsministers. Wer sich dort aufhält, genießt doppelten Schutz: einmal durch die allgemeinen Sicherheitsvorkehrungen, durch die das Gelände des Ministeriums gegen Eindringlinge und unbefugte Besucher abgeschirmt ist, und zum anderen durch die zusätzliche Absperrung um den Ministerbungalow im Herzstück der Hardthöhe/BMVg.

Kaum waren die beiden Wagen am Metallgitterzaun des Bungalows angekommen, sprang der Fremde aus Luthers Fahrzeug ins Freie und pflanzte sich nach zwei, drei raschen Schritten vor dem wachhabenden Soldaten am Tor auf. Es war ein junger Rekrut, der die Augen weit aufgerissen hielt, weil er mit einem derartigen Besuch nicht gerechnet hatte und sich in Sekundenschnelle überrumpeln ließ. Der Fremde hielt ihm eine Pistole unter die Nase und forderte ihn barsch auf, das Tor öffnen zu lassen. Das ist nur vom Hausinnern möglich, so daß der Rekrut einen Signalton am Tor auslöste, der die Haushälterin im Bungalow auffordern würde, die Sperrvorrichtung zu lösen. Der Bungalow war in dieser Stunde unbenutzt, außer von der Haushälterin, die mit Aufräumungsarbeiten nach einem Arbeitsessen beschäftigt war, das der Minister in den Mittagsstunden seinem britischen Amtskollegen gegeben hatte.

Nach einer halben Minute öffnete sich das Stahltor, worauf der Fremde durch eine Armbewegung Brinkmann aufforderte, in den Park zu fahren, von dem der Bungalow umgeben war. Das Begleitfahrzeug folgte ihm und blieb, Stoßstange an Stoßstange, nach etwa zehn Metern stehen. Der Fremde packte den Rekruten, nachdem er ihm sein geschultertes Gewehr abgenommen hatte, am Arm und zog ihn mit in den Park. Danach schloß sich das Tor wieder. Die Festung war eingenommen. Sie waren nun insgesamt acht Personen; die Haushälterin würde vermutlich einen hysterischen Anfall bekommen, wenn sie plötzlich alle im Hauseingang vor ihr erschienen. Deshalb ging der Fremde vor und bedeutete den anderen, so lange zu warten, bis er sie rufen würde. Auf ein zweifaches Klingeln an der Haustür erschien eine etwa 50jährige Frau, die den Fremden völlig entgeistert anstarrte und einen unterdrückten Schrei ausstieß, als dieser ihr seine Waffe zeigte. Geschickt drückte er die Person zurück ins Entree und erklärte ihr mit beinahe sanfter Stimme, sie möge ruhig bleiben, denn ihr würde nichts geschehen, wenn sie den Mund hielte. Daraufhin trat der Fremde an eines der beiden Fenster zur Gartenseite und winkte der wartenden Gruppe zu, ins Haus zu kommen.

Emanuel Luther, noch bleicher, knochiger und erschöpfter wirkend als sonst, betrat – allen voran – den Bungalow, als ginge er, zwar widerstrebend, doch in Würde einer Verpflichtung nachkommend, zu einer der zahllosen Arbeitsbesprechungen, die den Tagesablauf eines herausragenden Parlamentariers ausfüllen. Im Wohnraum empfing ihn der Fremde, ein spöttisches Lächeln um die leicht nach unten gezogenen Mundwinkel und ein triumphierendes Funkeln in seinem dunklen Blick. Er schien den anderen Personen keinerlei Beachtung zu schenken, weder der verängstigten Haushälterin noch Brinkmann, der sich tapfer hinter seinen Chef stellte, oder gar den vier Männern, die sich sofort in den Nebenräumen des Bungalows zu schaffen machten. Sein Blick ruhte allein auf Luther, dem Parlamentarier und Staatsmann, der seinen Entführer kalt und zugleich forschend ansah.

»Es ist an der Zeit, daß ich mich vorstelle«, sagte der Fremde. »Ich bin Mohammed Ajoun. Es wird nicht mehr lange dauern, und Sie werden wissen, was das bedeutet.«

18

»Ich werde den Kanzler informieren müssen. Stellen Sie fest, wo er sich in dieser Minute aufhält, ich habe die Agenda seiner Gespräche mit Mitterrand nicht im Kopf. Beeilen Sie sich!« Minister Eberhard Meßner schlug zweimal hintereinander mit der flachen Hand auf die lederbezogene Arbeitsplatte seines überdimensionalen Schreibtisches in der zweiten Etage des Kanzleramtes. Er hatte seine Fassung wiedergewonnen, war aber immer noch nicht frei von einer gewissen Nervosität und Anspannung, in die ihn die neue Lage versetzt hatte. Sein Bürochef Dr. Weck stand bereits seit zehn Minuten mit einem unschlüssigen Gesichtsausdruck vor dem Schreibtisch seines Chefs, jede von Meßners Bewegungen mit größter Akribie fixierend, als wolle er von ihnen geheime Botschaften empfangen, die ihn in die Lage versetzen würden, jetzt nur ja keinen Fehler zu machen.

»Wenn dies kein blutiger Scherz ist, stehen wir vor unserer bislang größten Herausforderung, einer Krise, von der ich nicht weiß, wie wir sie bewältigen sollen. Ich bin immer noch geneigt anzunehmen, daß jemand mit uns ein widerliches Spiel treibt ...« Meßner griff nach dem Nasenbügel seiner zu eng sitzenden Brille, nahm sie herunter und rieb mit dem Handrücken seine übermüdeten Augen. Dr. Weck wedelte mit einem Blatt Papier, Größe DIN A4, offensichtlich einem Telefax-Dokument, holte Luft und sagte:

»Selbst wenn das hier nur ein inhaltsloser Wisch sein sollte, bleibt es doch eine unumstößliche Tatsache, daß die vier Sicherheitsbeamten des Bundestagspräsidenten erschossen wurden.«

»Ich weiß, ich weiß, lieber Weck. *Das* aber ist etwas ganz anderes! Wer sagt uns, daß Luther mit seinen Leuten zusammen war, als die Morde geschahen ...?«

»Es liegen Meldungen vom Flughafen vor, daß der Bundestagspräsident immer noch nicht eingetroffen und seit 45 Minuten überfällig ist ...«

»Sind die anderen etwa abgeflogen?« Meßner starrte seinen Mitarbeiter entgeistert an.

»Natürlich nicht. Sie warten offensichtlich immer noch. Sie wollen Anweisungen, was sie tun sollen.«

»Doch nicht von uns! Das Bundestagspräsidium muß entscheiden. Sie müssen die Reise abblasen, selbstverständlich abblasen!«

Die schwere Eichentür zu Meßners Arbeitszimmer wurde aufgestoßen. Die Vorzimmerdame trat ein und legte Meßner einen Zettel auf den Schreibtisch. Der Minister überflog ihn.

»Die Hardthöhe meldet soeben, daß der Ministerbungalow tatsächlich besetzt ist. Die Dienstwagen des Präsidenten hätten sich Zugang verschafft, um angeblich den Generalinspekteur zu besuchen, der sie aber gar nicht empfangen konnte, weil er auf Reisen ist ... Es hat offenbar eine halbe Stunde gedauert, bis man durch Hinundhertelefonieren gemerkt hat, was da los ist.

Die Katastrophe ist perfekt. Wir müssen sofort den Krisenstab einberufen.« Meßner sprang auf und folgte seiner Sekretärin ins Vorzimmer. »Stellen Sie sofort eine Verbindung zum Kanzler her. Das wird eine Weile dauern. Geben Sie unserer Sicherheitsabteilung unterdessen Bescheid, daß wir unverzüglich alle Leitungen für Gespräche nach außen benötigen, nur einige Verbindungen für Empfang freihalten. Rasch, beeilen Sie sich!« Zu Dr. Weck gewandt, sagte Meßner in etwas kühlerem Tone, als überlege er bereits die Konsequenzen einer möglichen Fehlentscheidung:

»Die Chefs von BND, BKA und BfV sind sofort zu informieren. Soweit verfügbar, sollen alle noch an diesem Abend nach Bonn kommen. Der Kanzler reißt mir den Kopf ab, wenn ich jetzt auch nur den geringsten Fehler mache. Justizministerium, Inneres und sicherheitshalber auch das Auswärtige Amt einschalten!« Dr. Weck machte sich mit zitternder Hand Notizen und verschwand in Richtung seines Büros.

Meßner warf einen hastigen Blick auf seine Armbanduhr. Es war 20.42 Uhr. Wenn alles klappte, könnte man in den späten Abendstunden beisammen sein, vielleicht gegen 23.00 Uhr, möglicherweise später. Der Minister empfand keinerlei Panikstimmung, nur ein würgendes Gefühl im Halse. Er kippte ein Glas Wasser hinunter, das immer in seiner Nähe stand, und füllte aus einer bereitgestellten Karaffe nach. Er setzte sich und las noch einmal, es mochte bereits das dritte oder vierte Mal sein, den unglaublichen Text des Entführerschreibens:

»Im Namen des allergnädigsten Gottes ... Wir haben Präsident Emanuel Luther in unserer Gewalt. Die Hardthöhe ist besetzt. Wenn Sie unsere Forderungen erfüllen, geschieht niemandem etwas. Andernfalls werden Luther und seine Begleitung sterben. Die Sozialistische Front Deutsche Einheit hat versagt. Wir haben eine Zeitlang geglaubt, wir könnten mit ihrer Hilfe das Schicksal Deutschlands wenden. Jetzt greifen wir zu anderen Mitteln. Die Revolution, auf die sich Schwächlinge berufen, macht keinen Sinn mehr. Wir meinen es ernst, notfalls tödlich ernst. Versuchen Sie nicht, uns mit Gewalt niederzuzwingen. Das wäre das sichere Ende Luthers und jener, die sich in seiner unmittelbaren Nähe befinden. Wir werden verhandeln und unsere Forderungen morgen um acht Uhr bekanntgeben. Noch einmal: Unterlassen Sie jeden Befreiungsversuch; er würde in einem Fiasko enden. Wir dagegen haben den Sieg vor Augen und keine Furcht vor Niederlagen. Die Gerechtigkeit Gottes wird uns schützen. Ich fürchte nichts für mich und meine Leute, auch nicht den Tod. Denken Sie daran, wenn Sie jetzt Wahnsinnspläne entwerfen sollten. Gott ist unser Zeuge, wir haben euch gewarnt. Mohammed Ajoun.«

Meßner blickte auf das mit der Maschine sorgfältig und fehlerfrei beschriebene Stück Papier, das ihm so befremdlich, unwirklich und abstrus erschien wie eine willkürlich herausgegriffene Passage jener unverdaulichen Experimentalliteratur, die er so sehr verabscheute. Fast drei Jahre war er nun im Amt, routiniert im Umgang mit dem Kanzler und dessen Mitarbeitern, ein erfahrener alter Fuchs der Bürokratie und ihrer geheimsten Verschlingungen. Ein Techniker der Macht, mit einer guten Portion christdemokratischer Charakterfestigkeit ausgestattet und bei allem politischen Ehrgeiz niemals nur opportunistisch nach dem eigenen Vorteil schielend. Das Entführungsschreiben, so Meßners erste Analyse, trug unverkennbar Anzeichen irrationaler Überspanntheit, was nach aller Erfahrung die gefährlichste Substanz derartiger Bekundungen zu sein pflegt. Sozialismus der radikalen Form, garniert mit arabisch-fundamentalistischer Phraseologie und endend in nacktem Terror, der sein wirkliches Gesicht nicht zeigt.

Die Hardthöhe besetzt! Eine Übertreibung, aber was wollte das schon besagen? Die Terroristen hatten augenscheinlich den Ministerbungalow, eine Festung innerhalb eines hermetisch abgeriegelten Geländes, unter ihre uneingeschränkte Verfügungsgewalt gebracht. Eine ungeheuerliche Provokation, etwas, das es in der Nachkriegsgeschichte Deutschlands noch nicht gegeben hatte! Die Blutspur des Terrorismus war in den letzten Jahren keinesfalls, wie Optimisten glaubten voraussagen zu sollen, zu einem schmalen Rinnsal verkümmert. Im Gegenteil. Das vereinigte Deutschland übernahm eine Hypothek von Restgewalt, Terror und verschwiegenen Verbrechen, die zu den düstersten Ahnungen verleiten konnte. Meßners Gedanken in diesen einsamen Augenblicken, in denen man lieber Referatsleiter im Bildungsministerium wäre als an den Schalthebeln der Macht zu sitzen, verdunkelten sich zusehends. Seine geliebte Pfeife schmeckte auf einmal fade und trocken, die erlesenen Ölbilder an den Wänden ringsum, auf die er so oft genußvoll und im Vollbesitz des Erreichten geblickt hatte, schauten ihn wesensfremd und kühl an, der überladene Schreibtisch mit Büchern, Gesetzestexten und Akten baute sich vor seiner schmalen Gestalt auf mit erdrückender Wucht.

So verharrte der Kanzleramtsminister etwa eine Stunde. Nur einmal kam seine Sekretärin herein, um zu melden, daß der Chef vom Dienst des Presseamtes berichtet habe, man müsse wohl endlich gegenüber der Presse eine Erklärung abgeben. Vor dem Kanzleramt dränge sich eine große Menge Journalisten und Kameraleute. Sonst blieb alles gespenstisch ruhig. Dr. Weck fing offenbar alle einlaufenden Gespräche, die für den Chef bestimmt waren, ab. Das war gut so. Im Augenblick konnte er nicht mehr tun, als abzuwarten, was der Krisenstab entscheiden würde.

Gegen 22.45 Uhr traf Friedrich Jagemann, der Präsident des Bundesnachrichtendienstes, in seiner Begleitung der Chef des Bundesamtes für Verfassungsschutz, im Kanzleramt ein. Die beiden hatten an einer Sonderkonferenz der Innenminister in Düsseldorf teilgenommen und am Abend im »Sheraton« ein privates Essen eingenommen. Der BfV-Chef schien äußerst aufgeregt, während Jagemann in kühlem Ernst seinem amtlich vorgesetzten Chef der Regierungszentrale versicherte, es bestehe trotz der ungewöhnlichen Umstände der von Terroristen verübten Irrsinnstat vorerst kein Grund zu panikartiger Aufgeregtheit. Meßner bat die Herren in den kleinen Konferenzsaal, weil sich die Beratungsrunde nun rasch vergrößern würde. Er habe den Kanzler inzwischen telefonisch von den Ereignissen unterrichtet und ihm das Erpresserschreiben der Geiselnehmer zugeleitet. Der Kanzler sei sehr besorgt wegen des labilen Gesundheitszustandes seines Parteifreundes und empfehle größte Behutsamkeit bei allen jetzt zu treffenden Maßnahmen. Er wolle noch in dieser Nacht aus dem Elsaß nach Bonn zurückkehren und sich spätestens morgen früh in die Beratungen des Krisenstabes einschalten.

Im Kanzlerbau der Regierungszentrale hatte sich unterdessen große Betriebsamkeit entfaltet. Mitarbeiter des Sicherheitsstabes waren an ihre Arbeitsplätze zurückgerufen worden. Die Fahrer der führenden Beamten des Hauses waren ab sofort in ständiger Abrufbereitschaft, die Grenzschutztruppe wurde verdoppelt, die Telefonzentrale komplett besetzt und zu ihrer Entlastung eine Einsatzgruppe gebildet. Im kleinen Konferenzsaal unterrichtete Meßner die Mitglieder des Krisenstabes über den aktuellen Stand der Ereignisse. Bis 23.30 Uhr hatte sich der Kreis auf nahezu ein Dutzend Personen vergrößert. Jagemann verließ mehrere Male das Konferenzzimmer, um zu telefonieren, schaltete sich zunächst aber nicht in die Diskussion ein. Der Justizminister erinnerte daran, daß seine Kollegen aus den Ländern hinzugezogen werden müßten, falls – was er befürchte – von seiten der Geiselnehmer erpresserische Forderungen zur Freilassung inhaftierter Terroristen erhoben würden.

Staatssekretär Wolfgang Meisel vom Bundesinnenministerium, von den beim Bombenattentat in Berlin erlittenen Verletzungen genesen, bot der Runde umfassende Hilfe seines Ressorts an. Der Minister halte sich derzeit in der Hauptstadt auf (womit er Berlin meinte) und werde morgen in aller Frühe dem Krisenstab beiwohnen. Er selbst habe unterdessen in aller Eile eine Einsatzgruppe bilden lassen, die im Innenministerium ständigen Kontakt zu Einsatzkräften des Bundeskriminalamtes halte. Es sei allerdings bedauerlich, daß der Verteidigungsminister in Person nicht anwesend sei, sondern unglücklicherweise nach seinem Treffen mit dem britischen Amtskollegen in einen Kurzurlaub nach Italien abgereist sei. Der Staatssekretär der Hardthöhe versicherte daraufhin, sein Minister sei bereits telefonisch unterrichtet und kehre umgehend an seinen Schreibtisch zurück.

Ein entscheidender Punkt blieb auch bis Mitternacht ungeklärt: Wie denn die Presse zu informieren sei, ob man sich schon zu einer Erklärung über die Tatumstände bereit finden und möglicherweise das Schreiben der Geiselnehmer zur Veröffentlichung freigeben solle? Die Nachrichten enthielten bis zur Stunde keinerlei Hinweise darauf, wohin der oder die Täter den Bundestagspräsidenten und seinen Fahrer entführt hatten, und nicht den geringsten Hinweis auf Motive und Absichten der Entführer. Es wurden unablässig Mutmaßungen über den Tathergang, den die Polizei noch am Tatort über die Ermordung der Sicherheitsbeamten nach bis dahin vorliegenden Erkenntnissen geschildert hatte, verbreitet und zum Teil phantasievoll ausgeschmückt. Freilich fehlte jegliches Indiz dafür, daß außer amtlichen Stellen irgendein Journalist bereits etwas über den Inhalt des Erpresserschreibens in Erfahrung gebracht hatte. Anders als bei früheren Gelegenheiten war in diesem Falle ein sogenannter Bekennerbrief augenscheinlich nicht an die Medien verschickt worden, weshalb sich der Krisenstab die Frage stellte, ob man ihn seinerseits freigeben solle. Meßner riet davon ab; er wolle dazu erst die Meinung des Kanzlers hören. Außerdem hatten die Täter konkrete Forderungen erst für den kommenden Morgen angekündigt, was bedeuten konnte, daß sie vorzeitige Publizität fürchteten – was die Chefs der Sicherheitsbehörden und des Innenressorts allerdings für abwegig erklärten, weil es bekanntermaßen Hauptziel neurotischer Gewalttäter sei, die Öffentlichkeit alles bis ins Detail miterleben zu lassen, was ihr krankes Hirn an Horrortaten zu ersinnen fähig ist. Schließlich einigte man sich darauf, daß der Chef des Kanzleramtes eine vorläufige Erklärung an die Medien absetzen solle; die Bundesregierung werde sich am nächsten Tag nach Abschluß erster Beratungen zur Krisensituation äußern. Zu Gerüchten, der Bundestagspräsident werde von einer Terrorbande auf der Hardthöhe festgehalten, wolle das Kanzleramt nicht Stellung nehmen. Der Sprecher der Bundesregierung, der gemeinsam mit dem Bundeskanzler an den deutsch-französischen Konsultationen in der Nähe von Straßburg teilnehme, werde zu gegebener Zeit Einzelheiten mitteilen.

»Meine Herren, ich brauche Ihnen den Ernst der Lage nicht näher zu erläutern. Sie haben bereits in der gestrigen Nacht gehört, was geschehen ist. Ich danke Herrn Meßner für seine umsichtige Handlungsweise, auch dafür, daß wir bisher nicht mit Erklärungen über die näheren Tatumstände an die Öffentlichkeit getreten sind. Es heißt nun, daß wir mit größter Sorgfalt an die Sache herangehen ...« Der Kanzler nahm seine Brille ab, durch die er bis dahin auf eine Akte geblickt hatte, die die jüngsten Agenturmeldungen und Analysen der Sicherheitsabteilung der Regierungszentrale enthielt, und ließ jetzt seine Augen die am Konferenztisch versammelten Gesichter entlangwandern. Seine Augen waren dunkler, als sie durch die randlose Brille erschienen; ein schmerzlicher Zug hatte sich in seine Mundwinkel eingegraben, das sonst kräftig durchblutete Gesicht schien fahl und übernächtigt. Doch war er nicht der Mann, der vor Herausforderungen zu kapitulieren pflegte. Mit einer an ihm ungewohnten Mischung aus Trauer und Strenge warnte der Kanzler in einem etwa zehnminütigen Statement davor, irgendwelche Extratouren zu fahren, unabgestimmte Erklärungen abzugeben oder sonstwie eigenmächtige Tätigkeiten in der Sache zu entfalten. Betroffen und schweigend lauschten die Minister und höchsten Sicherheitsbeamten seinen Worten, es herrschte eine Atmosphäre, wie sie bei Sitzungen ähnlicher Zusammensetzung niemals zuvor zu spüren gewesen war. Nachdem er geendet hatte, machte der Kanzler eine kurze Pause, einer von seinen wenigen rhetorischen Kunstgriffen, die er meisterlich beherrschte, um die Aufmerksamkeit seiner Zuhörer auf einen Punkt zu bannen:

»Meine Herren, das ist keine gewöhnliche Geiselnahme mit Erpressung, Nötigung staatlicher Gewalt und Mord. Das ist eine Herausforderung anderer Art, anderer Qualität – wenn Sie mir diesen Ausdruck gestatten – als alle vorausgegangenen Verbrechen, die wir als Terrorakte zu bezeichnen gewohnt sind. Wir werden unsere ganze Kraft zusammennehmen müssen, wenn wir das Leben unseres Freundes Emanuel Luther retten und verhindern wollen, daß wahnsinnige Menschen unseren Staat erschüttern ...«

Ohne ausdrückliche Anweisung ergriff jetzt Minister Eberhard Meßner das Wort. Er machte einen abgespannten, aber keineswegs unkonzentrierten

Eindruck, griff einen Zettel aus einem vor ihm liegenden Aktendeckel und begann mit einem offenbar zuvor zwischen ihm und dem Kanzler abgesprochenen Vortrag:

»Vor einer halben Stunde ist eine Botschaft der Geiselnehmer eingetroffen. Bitte nehmen Sie zur Kenntnis, daß der Herr Bundeskanzler größten Wert darauf legt, daß über den Inhalt striktes Schweigen bewahrt wird, sofern die Verbrecher im Ministerbungalow auf der Hardthöhe nicht ihrerseits einen Weg finden, die Presse über den Vorgang zu informieren. Sie verfügen über alle erforderlichen Kommunikationsmöglichkeiten, Telefon, Telefax, Radio und so weiter. Und es ist Ihnen bekannt, daß wir diese Möglichkeiten bedauerlicherweise von außen nicht unterbinden oder technisch neutralisieren können. Das macht unsere Reaktionen so schwierig, wie Sie verstehen werden. Wir haben es mit Leuten zu tun, die kein Risiko scheuen und offenbar zu allem entschlossen sind. Das Leben der in ihrer Gewalt befindlichen Personen ist jederzeit in Gefahr, wenn wir uns – in deren Sinne – falsch verhalten sollten. Ich gebe Ihnen jetzt den Text bekannt, und lasse das Papier anschließend herumgehen. Die Geiselnehmer verlangen – ich fasse jetzt zusammen, den Rest lesen Sie dann bitte selber nach – eine Amnestie für alle inhaftierten Terroristen, ehemaligen Staatssicherheitsbeamten in leitenden Funktionen, soweit sie sich in Haft befinden oder als belastete Stasi-Funktionäre verfolgt werden. Eine Namensliste ist beigefügt. Ferner verlangen sie die Aufhebung der Haft für den ehemaligen Chef der Staatssicherheit in der früheren DDR, Erich Mielke, das heißt: seine Freilassung innerhalb von 48 Stunden ...« An dieser Stelle unterbrach der Justizminister in einer für ihn ungewöhnlich heftigen Weise.

»Die müssen wahnsinnig sein ...!«

»Aber, mein Lieber, das sagten wir ja bereits. Lassen Sie bitte zunächst Herrn Meßner weiter vortragen.« Der Kanzler machte eine beschwichtigende Handbewegung, der Schatten eines gequälten Lächelns huschte über sein breites Gesicht. Meßner fuhr fort, ohne die eine wie die andere Bemerkung überhaupt wahrgenommen zu haben. »Mielke kommt in dem Schreiben der Geiselnehmer noch mehrere Male vor. Er wird als tragisches Opfer einer großen Verschwörung hingestellt, als eine Art Held, der in einer korrumpierten Revolution die einzig aufrechte Haltung bewahrt habe und den Sozialismus zum Siege geführt hätte, wenn er dazu die Chance ... Verzeihen Sie, meine Herren, aber den Schluß müssen Sie selber lesen; es ist ebenso verworren wie monströs, was da ein offenbar krankes Hirn ausgesponnen hat. Es hat auch mit den ansonsten verdammt konkreten Forderungen nicht viel zu tun. Das wär's.«

Meßner ließ das Papier am Konferenztisch zirkulieren, er hatte vorsichtshalber keine Kopie anfertigen lassen. BND-Chef Friedrich Jagemann las den Text aufmerksamer als die übrigen Teilnehmer des Krisenstabes und nickte an einigen Stellen zustimmend. Jagemann bat ums Wort und blickte dabei wechselseitig den Kanzler und seinen Amtschef an: »Wenn richtig ist, was ich vermute, haben wir es mit einem der gefährlichsten Männer des alten Apparates zu tun. Und einem der kompetentesten. Wir hatten schon Mitte der achtziger Jahre seine Spur aufgenommen, doch leider wieder verloren. Er arbeitete unter dem perfekten Schutz einer neuen Identität. Erst jüngst ist es uns gelungen, sie zu enttarnen ...« Der Justizminister, sonst einer der langsamsten und bedächtigsten in der Kabinettrunde, mischte sich abermals ein:

»Ich dachte, wir hätten den Clan der ehemaligen Stasi-Offiziere, die auf höheren Posten im In- und Ausland eingesetzt waren, aufgebrochen? Außerdem haben sich doch rund 800 freiwillig gemeldet, um sich als Kronzeugen mildernde Umstände zu verschaffen.«

»Sie wissen, daß es rund 2000 dieser Topleute gab, die in der sogenannten ›blauen Kartei‹ registriert waren«, wandte der Innenminister ein. Jagemann meldete sich noch einmal zu Wort, weniger bedächtig als zuvor; ein kampflustiges Funkeln blitzte in seinen Augen auf:

»Wir sind dran gewesen, ganz nah dran. Aber wir wollten alle haben und ließen deshalb unseren Mann zunächst in Ruhe. Ich hoffe, Sie haben Verständnis dafür, daß wir diesen Weg gewählt haben. Noch bin ich freilich nicht absolut sicher, ob meine Vermutung überhaupt zutrifft ...«

»Wie wichtig war der Mann für uns?« fragte der Innenminister.

»Wir haben durch ihn eine Namensliste erhalten von Leuten, die dringend im Verdacht standen, ein Attentat zu planen. BKA und BfV wußten darüber ebenfalls Bescheid, wir haben uns abgestimmt. Die Operation selber habe ich übernommen, weil einer meiner Leute darauf angesetzt worden ist.«

»Das war wohl ein ziemlicher Fehlgriff, vorausgesetzt, Ihr Verdacht würde sich erhärten, oder?« fragte Meßner spitz.

»Im Prinzip: nein. Letztlich aber doch. Wir haben die Namensliste, aber möglicherweise war alles zu spät. Sie haben zugeschlagen, bevor wir tätig werden konnten ...«

Der Kanzler erhob sich und sagte, zu Meßner gewandt:

»Übernehmen Sie den Vorsitz, bin in Kürze wieder zurück.« Der Regierungssprecher folgte dem Chef auf dessen Wink. Nachdem die beiden Männer den Konferenzraum verlassen hatten, ordnete Meßner noch einmal strikte Verschwiegenheit über alle in der Krisenrunde behandelten Themen an. Die sogenannte »große« Runde werde ab 15.00 Uhr erneut zusammentreten, während die Chefs der Sicherheitsbehörden und der Nachrichtendienste ohne Unterbrechung im Amt zur Verfügung stehen sollten. Der Staatssekretär des Auswärtigen Amtes wollte wissen, was denn nun konkret zu tun sei. Man könne doch nicht stundenlang darüber diskutieren, was man in der jüngsten Vergangenheit möglicherweise an taktischen Fehlern begangen habe, durch die es dann zu diesem Debakel mit seinen unausdenkbaren Folgen gekommen sei.

Daraufhin teilte der Verteidigungsminister mit, er habe die teilweise Räumung der Hardthöhe angeordnet, vor allem was die Gebäude rund um den Bungalowbezirk betreffe. Die Diskussion verlief in ruhigem, sachlichem Ton, jegliches Aufkeimen von Aufgeregtheiten bemühte sich der Amtschef geschickt durch einlenkende Bemerkungen zu dämpfen oder unter Hinweis auf Zuständigkeiten von Amtsträgern, die gerade nicht anwesend waren, aber notfalls zitiert würden, glattzubügeln. Entscheidungen würden jetzt nicht getroffen, erklärte Meßner ziemlich kategorisch, wobei er mit entschuldigender Geste auf den leeren Kanzlersessel wies. Am Nachmittag sei dazu noch Zeit genug, man müsse abwarten, wie sich die Lage entwickle. Das Ultimatum sei auf 48 Stunden festgesetzt; Grund zur Panik bestehe also nicht. BND-Chef Jagemann bat darum, prüfen zu dürfen, ob sich ein telefonischer Kontakt zu den Entführern herstellen lasse. Kanzleramtschef Meßner meinte dazu, er wisse nicht, was das im Augenblick nützen solle, da man doch einhellig der Meinung sei, auf die Forderungen der Verbrecher keinesfalls einzugehen.

»Wir müssen aber über Alternativen nachdenken, verdammt noch mal!« Jagemann wurde wütend. »Wenn ich einen taktischen Fehler begangen haben sollte, will ich auch versuchen, ihn zu korrigieren.« Zustimmendes Gemurmel am Tisch. Meßner ließ sich nicht aus der Ruhe bringen. Ohne eine Antwort abzuwarten, stand Jagemann auf und verließ den Konferenzraum. In Meßners Vorzimmer bat er um eine Telefonverbindung im Ortsnetz Bonn. Sobald der BND-Chef Oliver Beauvoir am Apparat hatte, erklärte er ihm ohne lange Vorrede, er möge sich in den nächsten Tagen zu seiner Verfügung halten. Beauvoir versicherte dem Präsidenten, er werde dafür sorgen, daß sein Telefon rund um die Uhr bewacht sei.

19

»Erwarten wir noch den Kanzler?« Die Frage des Innenministers war an Meßner gerichtet, der sich anschickte, die Nachmittagssitzung des Krisenstabes zu eröffnen. Meßner verneinte. Der Kanzler empfange soeben den spanischen Außenminister, voraussichtlich werde er später hinzukommen und den Vorsitz übernehmen. Kanzleramtschef Meßner begann zu referieren:

»Die Hardthöhe ist heute vormittag großräumig abgeriegelt worden. Ich glaube, das ist als vorsorgliche Maßnahme unumgänglich, obwohl es dadurch zu Verkehrsstaus kommt. Gleichzeitig können Polizei und Grenzschutz nicht verhindern, daß an den Rändern des Sperrgebietes Hunderte von Reportern die Sicherheitslinie belagern. Auf dem Gelände des Ministeriums wurde lediglich ein Wachbataillon zurückgelassen, außerdem eine Gruppe von Spezialisten des BKA sowie die voll besetzte Telefonzentrale.« Der Innenminister meldete sich zu Wort:

»Ich hoffe nicht, daß die Leute ein Risiko für ihre Person eingehen. Wir müssen damit rechnen, daß die Terroristen auch über Sprengstoff verfügen ...«

Meßner nickte. »Sie haben recht. Aber wir können die Hardthöhe nicht völlig räumen. Ich muß die Gründe hier nicht näher erläutern. Ein Minimum an technischem Betrieb muß aufrechterhalten bleiben. Wir haben – jedenfalls im Augenblick – keine Möglichkeit, die Funktionen des Verteidigungsministeriums durch eine andere Dienststelle zu substituieren ...« Meßner legte eine kurze Pause ein. BND-Chef Jagemann benutzte sie zu einem Einwurf: »Ist bereits der Versuch gemacht worden, einen der Täter an die Strippe zu bekommen?«

»Nein«, antwortete Meßner. »Bevor wir uns nicht darüber schlüssig geworden sind, was wir den Entführern anbieten sollen, hat das wohl keinen Sinn.«

»Wir müssen zunächst einmal Zeit gewinnen«, meinte Jagemann.

»Ja eben. Das erreichen wir vielleicht am besten dadurch, daß wir uns fürs erste nicht rühren. Auf die Forderungen der Entführer einzugehen, wird wohl auch jetzt noch keiner in dieser Runde empfehlen ...«

»Wenn wir nichts tun, kein Angebot machen, bedeutet das den sicheren Tod der Geiseln«, wandte der BfV-Chef ein.

»Wir müssen zu irgendeinem Kompromiß kommen, bevor das Ultimatum abläuft. Wir haben von jetzt an noch knapp 32 Stunden. Das ist verdammt wenig. Wir können einen Durchbruch nicht wagen. Die Täter sind offensichtlich zu einem Himmelfahrtskommando entschlossen ...«

»Sie könnten uns, nachdem wir ihre Forderungen erfüllt haben, zwingen, sie unter Geleitschutz in ein Land ihrer Wahl auszufliegen. Sie werden so lange die Geiseln in ihrer Gewalt behalten, bis sie selber in Sicherheit sind. Wir kennen das doch von vergleichbaren früheren Terrorakten.« Der Innenminister blickte in die Runde; er las in den Gesichtern Betroffenheit und wortlose Zustimmung.

»Ist irgendeinem von Ihnen schon ein Licht darüber aufgegangen, weshalb die Gangster sich ausgerechnet die Hardthöhe als Zufluchtsort ausgesucht haben?« fragte der Staatssekretär des Auswärtigen Amtes in die plötzlich entstandene Stille.

»Es ist er ruhigste Ort in Bonn, und außerdem der sicherste«, spottete der Regierungssprecher, der bis dahin geschwiegen hatte.

»Ich finde, unsere Zeit ist zu kostbar und die Lage zu ernst, um Witze zu machen«, bemerkte der Staatssekretär der Hardthöhe beleidigt.

»Trotzdem wird uns morgen die Presse gerade diesen Umstand um die Ohren schlagen. Die Sicherheitsvorkehrungen zu lasch gehandhabt, unsinnige, aber wenig effektive Personenkontrollen, Absperrmaßnahmen lückenhaft und so weiter ... Ich sehe die Kommentare schon vor mir«, trumpfte der Kanzlersprecher auf.

»Weisen Sie mal den Bundestagspräsidenten oder irgendeinen anderen Würdenträger am Haupteingang des Ministeriums ab, selbst wenn die Wache feststellen muß, daß eine entsprechende Anmeldung nicht vorliegt«, gab der Hardthöhe-Staatssekretär pikiert zurück.

»Also, meine Herren. Wir haben jetzt Wichtigeres zu tun, als uns zu streiten. Konzentrieren wir uns darauf, herauszufinden, welche möglichen Alternativen es für ein militärisches oder polizeiliches Vorgehen gibt. Nach meiner Einschätzung scheidet ein gewaltsames Vordringen, eine Befreiungsaktion oder wie wir das nennen sollen, aus. Das Leben der Geiseln wäre jederzeit in akuter Gefahr ...« Meßner unterbrach sich. Die Tür zum Konferenzsaal wurde aufgestoßen, sein Referent Dr. Weck hastete herein und legte seinem Chef einen Zettel auf die vor ihm liegende Akte. Meßner überflog das Papier und sagte:

»Soeben haben sich die Entführer gemeldet. Sie teilen mit, der Bundestagspräsident habe einen Schwächeanfall erlitten und bitte um einen Arzt ...«

»Geradezu menschlich, diese verdammten Terroristen. Ein Arzt ...« höhnte Jagemann. Meßner schnellte aus seinem Sessel hoch. »Ich werde sofort den Kanzler informieren. Wir unterbrechen die Sitzung für einige Augenblicke.« Er eilte hinaus, Dr. Weck, sein Referent, lief voran. Jagemann brummte: »Sie wollen sich ihre Geisel hübsch gesund erhalten. Ohne sie sind sie nichts wert. Die meinen wohl, wir würden die anderen festgehaltenen Personen kaltblütig opfern, falls Luther ...« Er vollendete den Satz nicht, weil sein Nebenmann ihn betroffen ansah.

Das Presseecho fiel, der Regierungssprecher sah sich bestätigt, in den Kommentaren und Hintergrundberichten kritisch bis vernichtend aus. Vor allem die Handhabung der Sicherheitsbestimmungen auf der Hardthöhe wurde scharf verurteilt. Man untersuchte den Umstand, daß zwischen der Ermordung der Sicherheitsbegleitung des Bundestagspräsidenten und dem Eintreffen der beiden Fahrzeuge vor dem Hauptportal des Verteidigungsministeriums mindestens zehn Minuten vergangen sein mußten. Alle Pannen und Fehlentscheidungen der Sicherheitsbehörden bei Terrorakten der jüngeren Vergangenheit wurden akribisch ausgebreitet. Spätestens seit dem Bombenattentat auf Innen-Staatssekretär Wolfgang Meisel hätten die Sicherheitsbehörden Alarm schlagen sollen ... Einige Blätter befaßten sich mit der Tatsache, daß es diesmal einen Politiker der früheren DDR getroffen habe, und knüpften daran zum Teil abenteuerliche Vermutungen, über die man auf den höheren Etagen der Bonner Bürokratie verwundert die Köpfe schüttelte.

Seit der unerhörten Tat waren unterdessen mehr als 28 Stunden vergangen. Nur noch 20 verblieben bis zum Ablauf des Ultimatums. Der Kanzler hatte inzwischen mit Emanuel Luther telefoniert, nachdem ein Arzt den Ministerbungalow auf der Hardthöhe aufgesucht und wieder verlassen hatte. Er schilderte die Lage als gespannt, aber durchaus unaufgeregt. Er sei offenbar nicht dem Anführer begegnet, sondern nur zwei seiner Kumpane, die ihn zu Luther vorgelassen und später hinausbegleitet hätten. Er habe sonst niemanden zu Gesicht bekommen.

Mit jeder Stunde, die verrann, wurden die Radiomeldungen dramatischer. ARD und ZDF brachten in den Abendstunden Sondersendungen, in denen sie Sicherheitsexperten der Bundestagsfraktionen den Fall erörtern ließen. Der Kanzler hatte jede Beteiligung beamteter Sicherheitskräfte an TV-Diskussionen untersagt. Eine Stunde vor Ablauf des Ultimatums bat er den Innen- und Justizminister zu sich in sein Büro, außerdem die Chefs der Nachrichtendienste und Meßner. Die Runde beschloß, den Verbrechern freien Abzug zu gewähren, falls sie die Geiseln unversehrt übergeben und sofort das Land verlassen würden. Es war nichts mehr als ein verzweifelter Versuch, abermals Zeit zu gewinnen und die Täter zu veranlassen, ihnen eine weitere Frist zu gewähren. Es war pure Spekulation, die von der Überlegung ausging, daß auch den Terroristen vor Augen stand, daß sie, wenn sie ihre erpresserischen Ziele erreichen wollten, zu Zugeständnissen bereit sein müßten.

20

Das Ultimatum verstrich, ohne daß offenbar die Entführer auf der Hardthöhe die angedrohten Konsequenzen zogen. Sie meldeten sich überhaupt nicht. Die Lage wurde von Grenzschutz, Polizeieinsatztruppen und dem BKA-Einsatzkommando am Ort als ruhig und unverändert bezeichnet. Allerdings hielten die Sicherheitskräfte bedeutenden Abstand vom Bungalow, was einer strikten Anordnung der zentralen Einsatzleitung im Innenministerium entsprach, um die Geiseln keiner unnötigen Gefährdung auszusetzen. Es war 45 Minuten nach Mitternacht. Das Kanzleramt glich einer belagerten Festung. Die Fernsehteams hatten ihre Scheinwerfer auf das Stahltor am Haupteingang gerichtet. Die Wache war verstärkt worden, und immer, wenn ein neuer Wagen vorfuhr und das Tor versenkt werden mußte, um ihn passieren zu lassen, stürzten die Journalisten vor und mußten von Grenzschutzleuten zurückgedrängt werden.

In fast allen Räumen des Kanzlerbaus brannte noch Licht. Jagemann stand am Fenster von Meßners Büro und blickte in die nur schwach von einigen Spots erleuchtete Dunkelheit des Parks hinaus. Das Chefbüro liegt auf der dem Haupteingang abgewandten Seite des Kanzlerflügels. Dort herrschte jetzt trügerische Ruhe. Nur hin und wieder patrouillierte ein Grenzschützer den Gartenweg entlang. Der BND-Chef, von Wut und Trauer erfüllt, brummte unverständliches Zeug vor sich hin.

»Nun setzen Sie sich doch endlich, Jagemann. Noch 'n Kaffee?« Meßners Stimme klang gereizt. Der BND-Chef ließ sich in einen Sessel fallen.

»Wo sind die anderen?« fragte er.

»Beim Einsatzkommando.« Meßner griff zu einem Stapel Agenturmeldungen.

»Was Neues vom Ticker?« fragte er, zu Dr. Weck gewandt.

»Ich schau' mal nach«, antwortete Dr. Weck müde und verschwand in Richtung Vorzimmer.

»Diese verdammten Schweine, die haben noch etwas in der Hinterhand«, meinte Jagemann bitter. »Glauben Sie mir, lieber Meßner, die Schwierigkeiten fangen erst an ...«

»Beschreien Sie's nicht, wir sitzen schon tief genug drin.«

»Warum versuchen wir's nicht mit diesen fabelhaften Knatterfröschen unserer britischen Freunde, mit denen wir seinerzeit in Mogadischu so erfolgreich waren?«

»Das BKA ist dagegen. Viel zu riskant. Noch bevor sich ein GSG-9-Mann dem Bungalow auf zehn Schritte genähert hätte, wären die Geiseln tot. Jedenfalls müßten wir damit rechnen.«

»Ein Himmelfahrtskommando ...«

»Dürfen wir nicht riskieren. Wir machen weiter Hinhaltetaktik.«

»Sie hoffen darauf, daß sich die Terroristen

untereinander zerstreiten und in Panik geraten?«

»So was in der Richtung. Jedenfalls hat der Kanzler angeordnet, vorerst nichts zu unternehmen, was das Leben der Geiseln gefährden könnte.«

»Der Kanzler ist, bei allem Respekt, kein Spezialist.«

»Aber er hat das letzte Wort.«

Meßner schlürfte den Rest Kaffee aus seiner Tasse. Er sprang auf und lief im Zimmer auf und ab, die Brille baumelte zwischen Daumen und Zeigefinger, als markiere sie damit die Sekunden wie ein Perpendikel in einer Standuhr.

»Wenn ich nur wüßte, was diese verrückten Hunde mit dem ganzen Drama um Luther erreichen wollen. Die Verbindung zwischen ehemaliger Stasi und Terrorszene ist mir zwar hinreichend bekannt ...«

»Mir schon seit langem«, fiel Jagemann dem Amtschef ins Wort.

»Aber die teuflische Logik will mir nicht in den Kopf. Doch was der Stalinismus nicht fertigbrachte ...«

»... soll jetzt durch Terror vollendet werden, durch eine noch nicht dagewesene Herausforderung des bürgerlichen Staates«, ergänzte Jagemann Meßners Bemerkung. »Was in den intellektuellen Hervorbringungen der Theoretiker des Weltkommunismus nur als versteckte Drohung gegen Kapitalismus, Bürgertum und individuelle Freiheit durchscheint, bringt der Terrorismus auf die einzig verständliche und klare Formel: Wer ›gut‹ ist, muß notfalls dem ›Bösen‹ mit Gewalt beibringen, wie er ›gut‹ werden kann – andernfalls wird er der Vernichtung preisgegeben.« Meßner blickte Jagemann etwas ratlos und zerstreut an, der gerade in Fahrt zu kommen schien:

»Wenn man die Sache so betrachtet, ist es doch kein Zufall, daß unsere Terroristen seinerzeit bei den Kommunisten im Polizeistaat DDR Unterschlupf fanden! Sie fühlten sich dort zu Hause, in völliger Sicherheit, unerreichbar für den Arm der Gerechtigkeit, wie ihn die bürgerliche Welt versteht. Es ist ein Jammer, daß wir damit nicht radikal aufgeräumt haben ... mit der Stasi nicht, mit den Terroristen nur halb, mit der Justiz nur ein wenig. Wie schrieb dieser Tage Johannes Gross: ›Das Dilemma der sanftmütigen Revolution: sie will nur den eigenen Sieg, nicht die Niederlage des Feindes. Solche Siege gibt es nicht.‹ Verdammt noch mal, der Mann hat doch recht ...«

Jagemann holte Luft und starrte Meßner an, dessen unglückliches Gesicht ihm anzeigte, daß er ihm nicht folgen konnte.

»Zu spät, Jagemann. Zu spät. An der Klagemauer hört uns keiner mehr. Wir sitzen nun mal in der Scheiße.«

In diesen Minuten, da Jagemann und Kanzleramtschef Meßner sich darüber ergingen, ob die Sicherheitsorgane nun völlig gelähmt seien oder es noch eine Chance zur Befreiung der Geiseln gebe, saßen Oliver Beauvoir und seine Freundin Katlen Oeser im Wohnzimmer des Röttgener Bungalows von AA-Staatssekretär Jürgen Seidel. Oliver hatte seit einer Woche einen Abschiedsbesuch bei seinem Freund angekündigt, der nun aber nur ein Thema kannte: die dramatische Zuspitzung des Entführerdramas. Seidel, Anfang 50, von überdurchschnittlicher Intelligenz, enger Vertrauter des Außenministers, hatte die Sitzung des Krisenstabes gegen 22.00 Uhr verlassen.

»Möchtest du noch ein Glas, Oliver?« fragte Seidel, indem er die fast leere Flasche Chablis in die Höhe hielt.

»Nein, danke. Vielleicht Kati?« Seine Freundin bejahte und reichte ihr Glas dem Gastgeber zum Einschenken. Sie waren bedrückter Stimmung, empfanden aber gleichwohl ein Gefühl behaglicher Vertrautheit, das die Spannung, von der ihre Gedanken erfüllt sein mußten, spürbar milderte.

»Wenn es das Attentat nicht gegeben hätte, sage ich dir, wäre der Bruch gekommen. Die Regierung ist nicht mehr das, was sie noch vor einem halben Jahr gewesen ist ...« sinnierte Seidel.

»Meinst du wirklich?« fragte Oliver ungläubig. Katlen Oeser fühlte sich ein wenig unbehaglich, seit einer halben Stunde war sie zu einer Zuhörerrolle verdammt. Wenn ein Politiker und ein Journalist zusammenkommen, wird nur über ein Thema geredet.

»Vielleicht haben wir dann noch eine Chance, die Koalition fortzusetzen, wenn es uns gelingt,

Luther heil über die schrecklichen Runden zu bringen, die uns jetzt noch bevorstehen ...« fuhr Seidel fort. Oliver griff nach einer Zigarette.

»Du rauchst verdammt viel«, mäkelte Katlen Oeser.

»Ach, laß doch. Gib mir Feuer«, sagte Oliver trotzig. »Wir wollen jetzt nicht darüber streiten, bitte.« Beleidigt lehnte sich Katlen im Sofa zurück.

»Hab' ich das richtig mitbekommen? Jagemann will dich in die Sache einschalten?« Seidel kam auf das Generalthema zurück.

»Du, ich weiß nicht. Der Alte quetscht mich schon seit Wochen aus wie eine Zitrone. Jetzt soll ich mich zur Verfügung halten, weiß aber nicht, was das konkret bedeuten könnte.«

»Ich auch nicht, du bist doch nicht beim BKA!«

»Aber ich habe ihm eine verdammt brisante Namensliste ehemaliger Stasi-Agenten besorgt, von einem Libyer, der früher in Mielkes Diensten stand. Da gibt es offenbar Verbindungen zur internationalen Terrorszene. Jagemann hat das Zeug ausgewertet, Näheres weiß ich noch nicht.«

»Was für ein Libyer ist das? Klingt reichlich mysteriös, oder?« Seidel zog die Augenbrauen hoch und blickte dem Freund ratsuchend ins Gesicht. Oliver zuckte mit den Schultern.

»Wenn ich das wüßte. Aber laß uns doch mal kombinieren: Der Entführer, der mit Mohammed Ajoun unterzeichnet, könnte der Mann doch sein. Die Terrorszene ist zwar prall gefüllt mit Typen seines Schlages, doch ausschließen kann man das nicht. Ich glaube nicht mehr an Zufälle.«

»Wenn das euer Mann ist, na dann prost«, meinte Seidel sarkastisch. Er stand auf und ging auf die Terrassentür zu. »Habt ihr was dagegen, wenn ich ein bißchen Luft hereinlasse?« Seidel raffte die Gardine beiseite und öffnete eine Glastür zum Garten. Als er sich gerade seinen Gästen wieder zuwenden wollte, zuckte er jählings zusammen. Oliver und Katlen sprangen von ihren Sitzen hoch. Von ferne drangen dumpfe Laute wie von Donnergrollen oder einer Detonation herüber.

»Die haben doch nicht ...« Die Worte erstarben Seidel auf den Lippen. »Die sprengen die Hardthöhe, komm', Oliver, wir müssen sehen, was da los ist!« Die Geräusche waren abgeklungen, aber sie mochten tatsächlich aus einer Entfernung von nur zwei oder drei Kilometern herübergedrungen sein. Seidel hastete in die Garderobe und warf sich einen Blouson über. »Der Autoschlüssel ...« Oliver und Katlen folgten ihm nach draußen. Nach wenigen Minuten hatten sie die Absperrungen am Adenauer-Damm erreicht. Seidel sprang aus dem Wagen und hielt dem Grenzschutzbeamten seinen Dienstausweis unter die Nase.

»Was ist denn geschehen? Haben sie die Hardthöhe ...?«

Der BGS-Mann musterte im Halbdunkel die drei Gestalten. Der Staatssekretär stellte sich vor: »Seidel, Auswärtiges Amt«.

»Es hat eine Sprengung gegeben. Wir vermuten, das Kasino. Mehr wissen wir noch nicht ...«

»Verdammt, jetzt geht es los. Komm', Oliver, ich fahr' euch nach Hause. Muß noch mal ins Amt.«

»Ausräuchern, verdammt noch mal, ist keine Lösung!« Meßner warf dem BKA-Chef einen strafenden Blick zu.

»Man wird doch noch mal seine Wut ausdrücken dürfen. Die treiben ein Spiel mit uns, das wir so nicht gewinnen werden.«

Die Runde, die sich um den Konferenztisch versammelt hatte, müde, abgespannte Gesichter, hatte sich noch nicht von dem Schrecken, den die Sprengung des Kasinos auf der Hardthöhe ausgelöst hatte, erholt.

»Es ist uns wohl allen klar, daß dies nur eine Warnung sein sollte. Eine Art ›Generalprobe‹, von Wahnsinnigen ausgedacht, um uns auf irgendeine Weise aus der Reserve zu locken ...« resümierte Meßner.

»Und auf ihre Forderungen einzugehen ...« ergänzte Jagemann. Der Chef des Bundeskriminalamtes gab sich noch nicht zufrieden:

»Könnten wir uns nicht doch auf ein Täuschungsmanöver einlassen: den alten Mielke vorzuführen und dann den Versuch zu machen, mit einigen unserer besten Leute die Entführergruppe zu isolieren?«

»Ja, um alles in der Welt: *wie* denn? Wir sind nicht der israelische Geheimdienst, das kriegen wir nicht hin. Ein ›Unternehmen Entebbe‹ wird's bei uns nicht geben ...« Die Tür zum Konferenzsaal wurde aufgestoßen. Dr. Weck reichte seinem Chef aufgeregt ein Papier. Meßner überflog die Zeilen. »Da haben wir's: Mohammed Ajoun droht, nacheinander alle Bauten auf dem Ministeriumsgelände in Schutt und Asche zu legen und zuletzt den Ministerbungalow mit allen Insassen, falls wir ihre Forderungen nicht erfüllen. Er gibt uns zwölf Stunden Zeit ...« Meßner sank auf seinem Stuhl zusammen. »Geben Sie das auch dem Kanzler. Es ist besser, er hat das gesehen, bevor wir weitere Schritte besprechen«, sagte Meßner kraftlos zu Dr. Weck.

»Können die über so viel Sprengstoff verfügen, was meinen Sie?« Meßner richtete seine Frage an den BKA-Chef.

»Sie hatten einen eigenen Wagen. Der war natürlich bestens präpariert und vermutlich mit SEMTEX ausgestattet ...«

»Was ist das?« fragte Meßner ungeduldig.

»Der uns allen wohlbekannte Plastiksprengstoff, geruchlos und flexibel. Wurde in der ČSSR hergestellt; Gaddafi soll davon über eine Tonne angefordert und an Terroristen in aller Welt verteilt haben. Die Sprengungen werden ferngezündet, wir haben das bei allen Attentaten der jüngeren Vergangenheit erlebt ...«

Der BKA-Chef lehnte sich in seinem Stuhl zurück und blickte in die Runde.

»Sind Gebäude außerhalb des Ministeriumsgeländes durch die Sprengungen in Gefahr?«

»Je nach Umfang des verwendeten Materials könnten Druckwellen auch Außenbezirke erreichen. Aber die Bande operiert ja auf verhältnismäßig engem Raum, sie wird kaum wagen, an die Ränder der Hardthöhe vorzudringen, weil sie dann riskiert, von unseren Leuten erwischt zu werden«, dozierte der Sicherheitsexperte noch einmal. »Trotzdem sollten wir vielleicht das naheliegende Hotel räumen lassen.«

BND-Präsident Friedrich Jagemann war in Schweigen verfallen. Scheinbar teilnahmslos blätterte er in den vor ihm aufgeschichteten Papieren – lauter wertloses Zeug, das er am liebsten zerrissen hätte, um sich von dem Druck zu befreien, der schwer auf ihm zu lasten schien. Er wurde das Gefühl nicht los, einen ungeheuren Fehler begangen und – wenn das so knallhart nicht zutreffen mochte – sich zumindest einer fahrlässigen Fehleinschätzung schuldig gemacht zu haben. Das mußte ausgebügelt werden, auf welche Weise auch immer. Er blickte über den Tisch den Justizminister an, eine Erscheinung so gänzlich anderer Natur als seine eigene, bedächtig, zu dozierendem Ritual neigend, zuweilen aber von geradezu knabenhafter Naivität und heiterer Unbefangenheit.

»Ist für den Fall, daß wir die harte Linie verlassen sollten, für einen raschen Transport des alten Mielke nach Bonn gesorgt?« Jagemanns Frage schreckte den Justizminister sichtlich auf.

»Mielke ist, wie ich höre, seit gestern akut erkrankt und ins Militärhospital gebracht worden«, erklärte der Angesprochene eilig. »Das ist doch hier bekannt.«

»Mir nicht«, brummte Jagemann beleidigt. Meßners Neugier war geweckt.

»Möchten Sie einen Vorschlag machen, lieber Jagemann?« fragte Meßner höflich.

»Nein, im Augenblick nicht. Ich werde darüber nachdenken. Morgen früh vielleicht, wir haben ja noch ein paar Stunden Zeit ...«

21

Die Administration verfolgte mit wachsendem Mißmut die Behandlung des Entführerdramas in den Medien. Mitleidlosigkeit und Sensationsgier bestimmten die meisten Schlagzeilen. In den seriösen Zeitungen schonten die Kommentatoren die politisch verantwortlichen Kräfte nicht. Im Gegenteil: Man ließ nicht davon ab, die lange Kette der Fehlleistungen, beginnend mit der Schleyer-Fahndungspanne bis zu den sicherheitstechnischen Versäumnissen beim Personenschutz prominenter Politiker und Wirtschaftsführer, anzuprangern.

Das schlimmste aber war, daß in einigen namhaften Zeitungen in epischer Breite Erörterungen über Motivation und Zielsetzung des spektakulären Attentats angestellt wurden. Sie kamen in ihrer Mehrheit zu dem Ergebnis, daß Geiselnahme und Besetzung der Hardthöhe weit von bisherigen Terrorakten abwichen, in Ausführung und Brutalität einzigartig und den früheren Anschlägen der Rote-Armee-Fraktion nicht einfach gleichzusetzen seien. Zwar erinnerten die meisten Kommentatoren daran, daß es auch im Falle Schleyer – anderthalb Jahrzehnte zuvor – damit begonnen hatte, daß die Täter zunächst das Begleitpersonal ermordet hatten, bevor sie ihr Opfer entführten, um es später zu töten. Hier aber sei es dann doch zu dem unerhörten Fall der »Besetzung« einer der sicherheitsempfindlichsten Einrichtungen des Landes gekommen. Dahinter müsse also weitaus mehr stecken; der unaufgearbeitete Stasi-Komplex grinse aus allen finsteren Ritzen des Schauerdramas hervor. Schließlich hätten Staatssicherheit und Terrorismus im verborgenen zusammengearbeitet, bis die schreckliche Wahrheit nach der Wende in Deutschland ans Licht gekommen sei. Wer wollte da ausschließen, daß es solche Wahnsinnsallianzen heute noch gebe?

Die Presse teilte sich in zwei Lager: Das eine befürwortete eine harte Linie, die darauf hinauslief, keinerlei Zugeständnisse an die Terroristen zu machen, selbst unter Inkaufnahme schwerer Opfer. Man empfahl ein gewaltsames Vorgehen der Sicherheitsorgane, unter Zuhilfenahme ausländischer Experten. Das andere Lager trat für ein eher »weiches« Vorgehen ein, um einen Weg zu finden, das Leben der festgehaltenen Personen möglichst zu retten. Der Staat könne in seinem berechtigten Anspruch, sich nicht durch Verbrecher erpressen zu lassen, nicht so weit gehen, daß er das Leben ihm anvertrauter Bürger mutwillig opfere. Jagemann, der in der Krisenrunde einer der aufmerksamsten Zeitungsleser war, rieb jedesmal, wenn er seine Lektüre beendet hatte, nachdenklich sein Kinn und schob dann den Stapel bedruckten Papiers mit einem Stoßseufzer beiseite. Es war ihm nichts Neues, nichts Aufregendes, was da geschrieben stand, obwohl es ihn wie alle Mitglieder des Krisenstabes zusehends ärgerte, wie man mit der

Regierung umzuspringen beliebte. Am besten würde über die Ereignisse öffentlich geschwiegen; operative Einzelheiten zu publizieren hätte zwar manchen neugierigen Zeitgenossen darüber aufklären können, daß die Sicherheitsorgane keineswegs in einen tausendjährigen Schlaf verfallen waren, aber dies hätte sicherheitstechnisch den Offenbarungseid bedeutet. Der Staat mußte handeln, nicht quatschen und über alternative Möglichkeiten eines Befreiungsschlages lamentieren. Stunden der Bedrängnis sind Stunden der Exekutive, zitierte der BND-Chef im stillen seinen berühmtesten Amtsvorgänger. Das müsse aber nicht jeder wissen, er dürfe es freilich im nachhinein, bei hoffentlich glücklichem Ausgang des Dramas, anhand eindeutiger Fakten erfahren ...

Mit sanftem Griff drückte Jagemann Beauvoir in einen Sessel. Er selber blieb stehen, um nachzuschauen, ob Dr. Weck tatsächlich den Raum verlassen hatte. Für eine halbe Stunde sollten die beiden Männer im Büro von Meßners engstem Mitarbeiter allein gelassen werden. Das würde reichen, vielleicht brauchten sie nicht einmal so lange.

Die Gesichtsmuskeln des 62jährigen spannten sich, und die scharfen Falten, rechts und links die Wangen durchschneidend, ließen grimmigste Entschlossenheit durchscheinen. Jagemann schaute Beauvoir fest in die Augen, um zu prüfen, ob ihn die Situation auf irgendeine Weise beunruhigte, ein Test, wie er ihn so viele Male vorgenommen hatte. Sein Mann schien teilnahmslos, was wohl einer aufgesetzten Haltung entsprach, um seine innere Spannung zu verbergen. Nach gewohnter Manier griff er nach einer Zigarette und zündete sie an. Jagemann ließ ihm zwei, drei Züge. Dann setzte er sich selber und begann:

»Mielke ist tot. Hirnblutung. Das ist eben durchgegeben worden. Wir stehen – möglicherweise – vor einer neuen Situation. Die Ultimaten sind abgelaufen, doch alles blieb bisher ruhig. Wir haben noch keine weitere Botschaft von der Hardthöhe. Vielleicht ist das für uns eine Chance ...«

»Wieso?« fragte Beauvoir.

Jagemann, voll auf seinen Vortrag konzentriert, schien Beauvoirs Einwurf überhört zu haben. Er fuhr fort: »Sie haben Mielke gewollt, und der steht nicht mehr zur Verfügung. In wenigen Minuten werden sie's im Rundfunk hören, vielleicht kennen sie die Nachricht schon. Wir haben eine Chance, das Drama friedlich zu beenden.«

»Es ging doch nicht nur um Mielke, oder? Wenn ich es recht sehe, wollen die Leute im Ministerbungalow – außer Mielke – inhaftierte Terroristen und unter Anklage stehende Stasi-Offiziere freipressen?«

»Das ist richtig. Richtig ist aber auch, daß für den Mann, der das Erpresserschreiben unterzeichnet hat, Mohammed Ajoun, der vor anderthalb Jahren entmachtete Stasi-Boß offenbar absolute Priorität genießt. Wenn er erfährt, daß das Objekt seiner Begierde inzwischen in die ewigen Jagdgründe eingegangen ist, begnügt er sich vielleicht mit garantiertem freiem Abzug und der Vergoldung seiner fleischigen Nase.« trumpfte Jagemann auf. Beauvoir gab sich nicht zufrieden.

»Die übrigen Täter werden da nicht mitmachen, jedenfalls haben wir doch keinerlei Anhaltspunkte, das Gegenteil anzunehmen, oder?«

»Haben Sie inzwischen eine Ahnung, wer dieser Mohammed Ajoun sein könnte? Vielleicht ein angenommener Name, ein Pseudonym, eine Mystifikation?«

»Kann schon sein. Aber: haben Sie Beweise? Niemand hat den Menschen bisher zu Gesicht bekommen, außer den Geiseln natürlich.«

»Eben, Sie sagen es. Und doch: Haben Sie nicht auch schon an unseren Mann in Potsdam gedacht, der sich ›Jean‹ nannte und plötzlich als waschechter Wüstensohn vor Ihnen in seiner Studentenwohnung stand?« Beauvoir drückte mit einer hastigen Bewegung die Zigarette aus.

»Sie glauben wirklich?«

»Es ist mehr als wahrscheinlich. Und deshalb verfluche ich den Tag, an dem ich diesen verdammten Fehler begangen und nicht gleich gehandelt habe.« Jagemann sprang auf und lief im Zimmer, seine wenigen Haare auf dem knochigen Schädel nervös zurückstreichend, auf und ab.

»Sie haben allenfalls den Fehler begangen, *mich* zu ihm zu schicken. Hätte ich ihn gleich erschießen sollen?«

»Ist das nicht apart«, Jagemann brach in Hohngelächter aus. »Lassen Sie mal große ›A‹ im Namen des Unterzeichners weg und sprechen Sie dann den Rest phonetisch etwas verdreht aus, dann kommen Sie auf ›Jean‹. Ob nun ›Jean‹ oder ›Joun‹, es ist nichts als eine Vokalverschiebung. Der Mann hat uns nicht nur in die fürchterlichste Bredouille gebracht, sondern eleganterweise auch noch verarscht!«

»Niemand konnte das genau wissen, wir hatten Dutzende Terroranschläge, bei denen die Täter sich zu allem möglichen bekannten und die abenteuerlichsten Namen zulegten. Das muß uns jetzt nicht mehr kümmern. Sollten Sie mit Ihrer Vermutung allerdings recht haben, dann haben wir einen ausgebufften Typ vor uns.«

»Und einen Psychopathen dazu«, ergänzte Jagemann bitter. »Es ist jetzt unsere Sache, einen letzten Rettungsversuch zu unternehmen. Beauvoir: machen Sie da mit?« Die Stimme des BND-Chefs klang wie eine flehentliche Bitte, ja mehr noch: ein verzweifelter Aufschrei.

»Ist das auch die Auffassung der anderen? Hat der Kanzler Sie beauftragt?« forschte Beauvoir nach.

»Nein, noch nicht. Aber ich werde dem Krisenstab einen Vorschlag machen.«

»Was für einen Vorschlag?«

»Sie auf die Hardthöhe zu schicken und mit dem Chef der Gruppe zu reden ...«

»Warum ich? Also ... glauben Sie nicht, daß ich Angst hätte, natürlich geht das unter die Haut, und natürlich hätte ich gewaltigen Bammel, aber ...« Jagemann ließ sein Gegenüber nicht zu Ende reden.

»Sie machen es? Wunderbar.«

»Das habe ich nicht gesagt«, verbesserte ihn Beauvoir. »Aber ich sehe den Sinn nicht ein!«

»Schauen Sie: Mielke kann den Erpressern nicht mehr nützen. Er ist tot.«

»Es handelt sich um Mörder ...«

»Ja, ja. Aber sie haben vier Menschen in ihrer Gewalt. Darunter, ich muß das nicht ausdrücklich betonen, den protokollarisch zweithöchsten Mann im Staat.«

»Seit wann sind Sie scharf aufs Protokoll?«

»Lassen Sie bitte die Witze, lieber Beauvoir. Später ist Zeit genug ...«

»Entschuldigen Sie. Ich kann einfach nicht glauben, daß es diese Schweine beeindrucken wird, wenn wir ein, sagen wir: modifiziertes Angebot machen ...«

»Wir müssen es versuchen, wir haben keine Wahl.«

»Das macht sich immer gut.«

»Sie allein haben den Chef der Gruppe zu Gesicht bekommen, jedenfalls können allein Sie den Mann identifizieren, der uns die Namensliste verkauft hat.«

»Seine Kumpane?«

»Dringende Vermutung.«

»Wie steht er zu ihnen? Sie argwöhnen doch, daß

es Spannungen zwischen den Tätern geben könnte?«

»Ja, und die müssen wir uns zunutze machen. Ajoun wird eher als die anderen von weiteren Morden absehen, sobald er erkennt, daß sein Film gelaufen ist. Wenn Sie, der bereits einmal mit ihm zusammen war, auf ihn einwirken, könnte Ajoun die anderen davon überzeugen, daß es besser ist, mit fünf Millionen Mark ins Ausland abgeschoben zu werden, als hier in der Hölle zu schmoren.«

»Fünf Millionen? Keine schlechte Apanage für Verbrecher ...«

»Sie bewahren uns vielleicht vor Schlimmerem. Sie sind jedenfalls vorsorglich bewilligt ...«

»Sie haben doch schon mit den anderen darüber geredet?«

»Eine Andeutung gemacht. Ich wußte ja nicht, ob Sie ...«

»... bereit sein werden, es zu machen. Jagemann, Jagemann. Sie sind ein verdammter Hund. Aber Sie schaffen es einfach immer wieder.« Beauvoir grinste den Chef an, als habe er soeben eine Wette gewonnen – oder verloren, was manchmal auf dasselbe hinausläuft.

»Heißt das, Sie machen mit?«

»Was heißt hier: *mit?* Gehe ich nicht allein?«

»Natürlich, wenn überhaupt, läßt Mohammed Ajoun *Sie* in den Bungalow, Sie allein. Wir werden das telefonisch klären. Außerdem haben wir keine Zeit zu verlieren, weil das Ultimatum längst verstrichen ist. Hoffentlich gibt es bis jetzt keine weiteren Opfer. Warten Sie hier, Beauvoir, ich werde mich sofort mit dem Stab kurzschließen und alles Nötige veranlassen. Noch einmal: Es ist ein Versuch. Für Sie nicht ganz ungefährlich, aber auch kein Himmelfahrtskommando. Die Terroristen sollen wissen, auf weitere Tote werden wir mit dem Einsatz aller Mittel reagieren. Das macht Ihre Mission auf der Hardthöhe noch nicht zum reinen Spaziergang, aber mindert deutlich die Risiken.« Jagemann wandte sich zur Tür. Beauvoir rief ihn noch einmal zurück.

»Kann ich mit meiner Freundin telefonieren?« Jagemann setzte sein zerknittertstes Gesicht auf, mit gequälter Stimme sagte er mahnend:

»Aber, Beauvoir, muß das sein? Sie wissen doch: zu keinem ein Sterbenswörtchen, zu *keinem*, hören Sie?« Und dann, fast feierlich: »Wenn Sie da rauskommen, sind Sie ein Held.«

»Helden sterben früh«, sagte Beauvoir trocken.

22

Sie fuhren bis auf 50 Schritte an den Sperrbezirk heran. Als die drei Männer dem stahlblauen Mercedes entstiegen, fühlten sie die Blicke der Polizei- und Grenzschutzleute oberhalb der Parkbucht, in der ihr Fahrer den Wagen gestoppt hatte, auf sich gerichtet. Jagemann griff Beauvoir an den Oberarm, als wolle er damit andeuten, daß er nun nicht mehr entkommen würde. Der BKA-Chef folgte den beiden zum Sicherheitsposten; der Haupteingang des Verteidigungsministeriums lag bereits in ihrem Blickfeld.

»Was soll das, Jagemann«, flüsterte Beauvoir verärgert. »Sollen die etwa denken, Sie führen einen Verdächtigen ab?«

»Quatsch, ich will nur wissen, ob Sie etwa aufgeregt sind.« Jagemann ließ den Arm sinken.

»Also, ein gewöhnlicher Spaziergang ist das nicht.« Beauvoir zog den Reißverschluß seines zerknitterten Lederblousons nach oben. Ein leichter Nieselregen, typisch für das Bonner Spätsommerwetter, benetzte Beauvoirs Gesicht. Er kniff die Augen zusammen.

»Wieviel Zeit habe ich?« fragte er im Gehen.

»Das überlassen wir Ihnen und dem Schicksal. Open end, wenn's sein muß ...« antwortete Jagemann.

»Open end«, wiederholte Beauvoir und schritt durch die für einen Moment kurz geöffnete Absperrung auf das große Tor zu. Es stand weit offen, die Wachhäuschen waren nicht mehr besetzt. Er beschleunigte seine Schritte, sobald er auf dem Ministeriumsgelände war. Nach 100 Metern war er auf der Höhe des Kasinos angekommen. Beauvoir bot sich nur noch ein Trümmerfeld. Überall lagen Steine und Glas, zerborstenes Holz und zertrümmertes Mobiliar herum. Er war merkwürdig ruhig, wie immer, wenn er starke innere Spannungen zu bekämpfen hatte. Die Bedingung lautete, unbewaffnet und ohne jede Begleitung zu kommen. Er begab sich in die Hände von Verbrechern, die vor nichts zurückschreckten, vor buchstäblich gar nichts. Aber den Arzt hatten sie schließlich auch herein- und wieder herausgelassen. Es war eine messerscharfe Kalkulation, die mit dem Abgrund spielte, an dem die Sicherheitsbehörden standen, an dem aber auch die Terroristen operierten. Wenn ihnen noch etwas an ihrem Leben lag, hatte er eine Chance.

Jetzt hatte Beauvoir den Metallzaun, der das Areal um den Bungalow sicherte, erreicht. Er drückte den Klingelknopf. Ein Mann, Ende 20, eine Lederjacke locker über die Schultern gehängt, das Maschinengewehr in der linken Hand, kam auf das Tor zu. Beauvoir stieß es mit leichtem Druck auf, sobald der Summer ertönte. Wortlos führte der Mann den Ankömmling ins Haus und verschwand in einem Nebenraum, sobald Beauvoir den großen Wohnraum betreten hatte.

»Guten Tag, setzen Sie sich doch«, ertönte eine

Männerstimme. Beauvoir fuhr herum. Im Türrahmen, den er zunächst offenbar übersehen hatte, stand »Jean« – Mohammed Ajoun, unverkennbar mit der Narbe im Gesicht und dem verzogenen Lächeln um die Mundwinkel.

»Ob dies ein ›guter Tag‹ wird, hängt von Ihnen ab«, erwiderte Beauvoir schlagfertig.

»Von *uns*«, verbesserte ihn Mohammed Ajoun.

»Wollen wir wirklich stehen bleiben?« Der Libyer rückte sich einen der Stühle zurecht, die um einen rechteckigen, großflächigen Tisch herum standen, an dem sonst Minister und Staatssekretäre speisten, wenn sie Gäste des Hausherrn waren.

Beauvoir folgte Ajouns Beispiel und setzte sich, seinem Widersacher unmittelbar gegenüber. So würde sich am besten miteinander reden, auf entspannte Weise verhandeln lassen. Beauvoir eröffnete das Gespräch.

»Kann ich den Präsidenten sehen?«

»Pardon, er schläft. Wir haben ihm ein Beruhigungsmittel gegeben.«

»Was?«

»Vom Arzt verordnet, für alle Fälle. Der Mann ist von labiler Gesundheit, aber sonst o. k.«

»Kann ich mich auf Sie verlassen?«

»Es bleibt Ihnen nichts anderes übrig«, antwortete Mohammed Ajoun kühl. »Kommen wir zur Hauptsache ...«

»Sie wissen, daß Mielke gestorben ist.«

»Ja, ich weiß. Das ändert aber nichts daran, daß

wir Emanuel Luther und andere Personen in unserer Gewalt haben und weiter gehende Ziele verfolgen. Ich habe Mielke verehrt, wie Sie sich denken können, nachdem Sie erfahren haben, wer ich bin.«

»Sie sprechen das Wort ›Gewalt‹ so behutsam aus, als meinten Sie damit ein wohlriechendes Rasierwasser«, bemerkte Beauvoir ironisch.

»Sie sind in guter Form. Das freut mich. So läßt sich besser miteinander auskommen. Ich habe unser erstes Gespräch schon sehr genossen, obwohl ich fand, daß Sie in der schlechteren Position waren.«

»Wahrscheinlich haben Sie's deshalb genossen. Kommen wir doch zum Thema: Welchen Sinn würde jetzt noch weiteres Töten machen ...?« Beauvoir versuchte hartnäckig, ein aufkeimendes Zittern in seiner Stimme zu unterdrücken. Man durfte ihm keinerlei Erregung anmerken, weder Haß noch Furcht.

Er sah sich wiederum in Potsdam, in jener schmierigen ehemaligen Studentenbude, eine halbe Million Mark im Koffer, der auf seinen Knien ruhte, den Blick auf das lauernde Gesicht des Arabers gerichtet. An Mohammed Ajoun war jedoch keinerlei Gemütsbewegung festzustellen, vielmehr betrachtete er sein Gegenüber mit einer Mischung aus Bedauern und Herablassung.

»Ja, wir sollten zum Thema kommen. Die Spuren der Geschichte sind von Blut getränkt. Ein Menschenleben zählt nicht viel. Wenn Sie tatsächlich eine Revolution in Deutschland hätten machen wollen, hätten Sie uns vernichten müssen. Natürlich bedeutete dies einen schweren Rückschlag für den Sozialismus, wenigstens den, für den Mielke und ich immer eingetreten sind. Der neue Mensch bedarf der Erziehung, der Formung und Abhärtung. Die bürgerliche Welt ist am Ende, selbst wenn sie jetzt wieder die Oberhand zu haben scheint.«

»Ist das nicht eine verdammt einsame Position, die Sie da vertreten? Fast alle ehemaligen Leute der Staatssicherheit sind im bürgerlichen Lager untergekrochen. Sie üben bürgerliche Berufe aus, denen ist die Revolution – ich meine: Ihre Revolution – doch keine müde Armbewegung mehr wert ...«

»Ich leugne nicht, daß die meisten schwach geworden sind. Ob allerdings die Zeiten gegen uns sind, wird die nächste Zukunft lehren.«

»Verzeihen Sie, aber ...«

»Verzeihen ist eine bourgeoise Attitüde, die mir fremd ist ...« fiel Mohammed Ajoun seinem Verhandlungsgegner ins Wort.

»Nun gut, dann eben anders: Was hätten Sie davon, wenn Sie und Ihre Genossen in apokalyptischem Trotz dem Beispiel von Goebbels unseligen Angedenkens folgen und sagen: ›Wenn wir von der Weltbühne abtreten, knallen wir hinter uns die Türen zu, daß die Erde erzittert‹?«

Ajoun lächelte milde. Eine leichte Röte huschte über sein Gesicht.

»Hat er das wirklich gesagt?«

»Wenn Sie in diese Richtung denken, dann sind Sie ...« Beauvoir biß sich auf die Lippen.

»Verrückt? Das wollten Sie doch sagen, nicht wahr? Ich könnte Sie dafür erschießen, oder besser: von den anderen töten lassen! Die würden das gern besorgen, sogar ohne meinen ausdrücklichen Befehl.« Es war das erste Mal, daß der Araber die Beherrschung verlor. Wütend knallte er mit der flachen Hand auf die Tischplatte. Beide schwiegen für einen Augenblick, als wollten sie Kraft für die Fortsetzung ihres Duells schöpfen. Nachdem vielleicht eine Minute verstrichen war, beugte sich Beauvoir vor, als wolle er nicht mit Worten, sondern besser mit bohrenden Blicken sein Gegenüber durchdringen. Gleichzeitig nistete sich mehr und mehr der Gedanke in seinem Hirn ein, daß er an dieser Aufgabe scheitern müsse. Doch der heimliche Respekt vor der konsequenten, wenn auch irrational und überspannt wirkenden Performance seines Gegners richtete Beauvoir innerlich wieder auf. »Du mußt mindestens so stark sein wie er«, versuchte er sich unentwegt einzureden. »Wenn du aufgibst, bist du verloren.«

»Die Bundesregierung bietet Ihnen an, Sie und Ihre Freunde in ein Land Ihrer Wahl auszufliegen, wenn Sie die Geiseln freilassen. An Bord der Maschine, die für Sie auf dem Militärflughafen in Wahn bereitstehen wird, werden Sie außerdem einen Koffer mit fünf Millionen Mark vorfinden.« Beauvoir machte eine Pause, um die Wirkung seiner Worte zu prüfen. Mohammed Ajoun blickte ihm aus seinen dunklen Augen ins Gesicht, sagte aber kein Wort. Um die Mundwinkel zuckte es fast unmerklich, aber Beauvoir sah es, indem er die Augenlider senkte und ihn dabei durch die Sehschlitze fixierte.

»Wir stellen uns vor, daß Sie als der Führer dieser Gruppe bereit wären, auf unser Angebot einzugehen – das uns schwergefallen ist, vor allem unserem Justizminister, wie Sie sich denken können. Ich aber glaube nicht, daß Sie es schaffen, die anderen davon zu überzeugen, dieser Weg sei der bessere – als in den Tod zu gehen ...« Das saß. Mohammed Ajoun sprang auf. Einen Moment lang sah es so aus, als wolle er über den Tisch springen und seinem Gegner an die Kehle fassen. Erschöpft ließ sich Beauvoir zurückfallen. »Ich habe ihn, ich habe ihn«, frohlockte er im Innern, ohne sich das geringste anmerken zu lassen. »Durch den ältesten Trick der Welt.« Der Araber hatte wieder Platz genommen. Das Blut war aus seinen Wangen gewichen, nur mit äußerster Kraftanstrengung schien er sich zusammenzunehmen, eine Disziplin, mit der er bisher zu kokettieren liebte. Die Provokation war beabsichtigt gewesen und hatte ihr Ziel erreicht.

»Sie müssen mir nicht sagen, wer dieses Kommando führt! Sie nicht! Ich habe Sie für klüger gehalten, Beauvoir. Was hier geschieht, das geschieht auf meinen Befehl!« Die letzten Worte schrie Ajoun laut heraus.

»Sie werden noch Ihre Freunde auf den Plan rufen«, sagte Beauvoir leise.

»Sie werden erleben, daß sie bleiben, wo sie sind. Auf ihren Posten ...«

»Lassen Sie uns die Sache in Ruhe zu Ende bringen, Mohammed Ajoun«, lenkte Beauvoir ab. Sein Ton hatte beinahe etwas Feierliches, Besänftigendes. Jedenfalls, so kalkulierte Beauvoir, hatte es nun keinen Sinn mehr, den Araber weiter zu reizen.

»Warten Sie hier, ich werde in wenigen Minuten zurück sein. Sollten Sie das Haus verlassen, sind Sie ein toter Mann. Das ist Ihnen wohl klar.« Mohammed Ajoun verschwand nach nebenan. Als er zurückkam, hielt er ein Blatt Papier in der Hand, das er Beauvoir in die Hand drückte, wie ein General seinem Adjutanten seinen schriftlichen Befehl überreicht, mit der Weisung, ihn an die Frontkommandeure weiterzuleiten.

»Um sechs Uhr früh sind wir startbereit. Alles andere finden Sie auf dem Papier. Adieu.« Beauvoir starrte den Araber an. »Sie können gehen ...«

Im Garten, noch bevor er das Tor erreicht hatte, um in die Freiheit zu gelangen, warf Beauvoir einen hastigen Blick auf das kleine Schriftstück. Es schwamm vor seinen Augen.

»Es ist geschafft, Jagemann. Wir haben es geschafft«, hämmerte es in seinem Kopf. Außer Sichtweite des Bungalowbezirkes rannte Beauvoir den Rest des Weges wie ein Besessener. Schon nach 100 Metern war er außer Puste. Er keuchte. Noch

300 Meter, dann sah er die Scheinwerfer der Polizei auf sich gerichtet. Er hastete weiter, die grünen Uniformen, all die bleichen Gesichter unter den scharfkantigen Schildmützen, dazwischen eine Frau, blaß, in einen Regenmantel gehüllt, das schwarzschimmernde Haar von der Nässe strähnig geworden – Kati! Als sie ihn erkannte, blieb sie wie versteinert stehen. Oliver ging auf sie zu und umarmte sie, wie er es vielleicht nie zuvor getan hatte. Tränen rannen über ihr Gesicht, sie drückte ihren Kopf fest an seine Schulter ... Als sie die Straße in Richtung Innenstadt hinabgingen, wiederholte Katlen Oeser immer wieder den Satz: »Ich bin tausend Tode gestorben ...«

»Man stirbt nur einmal, Liebling. Ein einziges Mal.«

»Ihr kennt euren Auftrag: Es wird erst geschossen, wenn Oberstleutnant Renner den Befehl dazu erteilt. Die Sichtverhältnisse werden gegen 6.30 Uhr, wenn der Hubschrauber von der Hardthöhe anfliegen wird, nicht günstig sein. Der Regen hält voraussichtlich an. Also noch einmal: Nur dann abdrücken, wenn ihr glaubt, es tatsächlich verantworten zu können. Über alle anderen Details seid ihr bereits informiert ...« Der Kommandeur des Bundesgrenzschutzes blickte die sechs Scharfschützen nacheinander prüfend an. Irgend jemand war in den Schlußberatungen des Krisenstabes auf die Idee verfallen, gerade diese Männer für die delikate Aufgabe auszusuchen. Sie stammten sämtlich aus ehemaligen Stasi-Kreisen. Sie waren aber wegen ihres hohen Qualifikationsgrades als Schützen in die GSG 9 des Bundesgrenzschutzes übernommen worden. Einst hatten sie ein Sonderkommando des »Wachregiments Feliks Dzierzynski« beim Ministerium für Staatssicherheit gebildet. Wie Jagemann und einige andere im Krisenstab befanden, »ein brillanter Einfall«, diese vorzüglich trainierten Killer von Berlin-Adlershof gegen einen ehemaligen Stasi-Offizier einzusetzen.

Während der Kommandeur letzte Anweisungen gab und sich die kleine Scharfschützengruppe zum Abmarsch bereit machte, wurden auf dem Rollfeld des Wahner Flughafens Vorbereitungen für den Start eines Helikopters getroffen, der die Hardthöhe anfliegen und die Terroristen wie ihre Geiseln aufnehmen sollte. Es war angeordnet worden, daß er pünktlich um 6.00 Uhr auf dem dafür vorgesehenen Landeplatz des Ministeriumgeländes niedergehen sollte. Danach sofortiger Abflug in Richtung Köln-Wahn. Mohammed Ajoun hatte sich damit einverstanden erklärt, daß ein Arzt an Bord der Boeing 707 bereits auf die Gruppe warten und sie auf ihrem Flug begleiten würde. Ajoun hatte als Zielflughafen Tripolis angegeben, für Landerechte und sofortigen Rückflug, ohne auftanken zu müssen, war gesorgt. Weiteres Sicherheitspersonal hatte Mohammed Ajoun strikt abgelehnt; es wäre auch von nur symbolischer Bedeutung gewesen, da er die Maschine sofort nach dem Betreten von seinen Leuten nach Waffen untersucht hätte. Folglich blieb es bei dem Arzt, der Emanuel Luther bereits auf der Hardthöhe versorgt hatte.

Als der Hubschrauber um 6.22 Uhr auf der Betonplatte in Wahn aufsetzte, waren die Scharfschützen auf dem Dach der Abfertigungshalle, etwa 100 Meter Luftlinie von der Boeing entfernt, die für den Abflug bereitstand, bis auf die Haut vom Regen durchnäßt. Die Männer lagen hinter einer Blende, die mit einem Sehschlitz ausgestattet war. Es bestand wegen der Witterungsverhältnisse und des diffusen Lichts in der Morgendämmerung kaum Gefahr, daß einer der Verbrecher sie hätte entdecken können.

Man hatte abgemacht, daß zunächst die einzige Frau der Gruppe, die Haushälterin des Ministerbungalows, dann Luthers Fahrer und schließlich der Rekrut vom Wachbataillon der Hardthöhe den Helikopter verlassen und sich sofort in Richtung Abfertigungshalle begeben sollten. Das geschah jetzt. Die drei Gestalten beeilten sich, in Sicherheit zu gelangen, sobald sie einen Fuß auf den Beton gesetzt hatten. Jetzt waren Mohammed Ajoun und Luther an der Reihe, gefolgt von den vier Männern, die ihre MGs in schußbereiter Position hielten, während sie auf das kaum 50 Schritte entfernte Flugzeug zusteuerten. Ajoun hielt Emanuel Luthers linken Arm umklammert. Sie waren jetzt nur noch wenige Meter von der Gangway entfernt, als Luther sich mit einem heftigen Ruck aus der Umklammerung befreite und Anstalten machte, als erster die Stufen der Gangway zu betreten. Eine Salve von Schüssen ging in diesem Augenblick auf die nun ziemlich dicht beieinanderstehende Gruppe nieder. Nur Luther hatte bereits die erste Stufe der Gangway erreicht. Schreie gellten über die Piste, Luther taumelte und sank auf den Stahltreppen nieder. Als er sich umschaute, sah er seine Entführer in entsetzlich verrenkten Stellungen ihrer Körper am Boden liegen. Sein Arzt, der in der Maschine auf ihn gewartet hatte, kam die Stufen heruntergerannt und richtete Luther vorsichtig auf.

»Alles in Ordnung?« fragte der Arzt.

»Kommen Sie, bringen Sie mich hier weg«, stöhnte der Präsident. »Ich glaube, sie sind alle tot.«

Als Emanuel Luther, von seinem Arzt gestützt, die Abfertigungshalle des Militärflughafens durchquerte, waren die Augen aller auf ihn gerichtet. Sie hatten den Ausgang noch nicht erreicht, als Luther jemanden sagen hörte: »Hätten wir das vor einem Jahr besorgt, wir hätten uns viel Ärger erspart.«